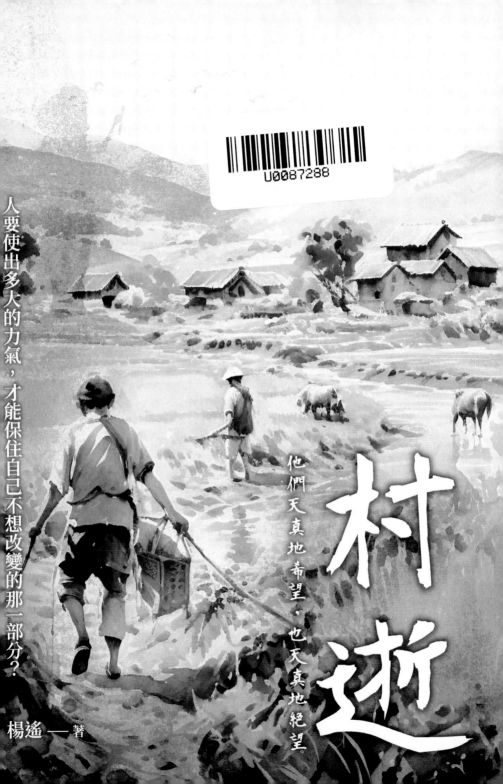

U0087288

人要使出多大的力氣，才能保住自己不想改變的那一部分？

他們天真地希望，也天真地絕望

村逝

楊遙 ── 著

目錄

自序
—— 在鄉村和城市的時光縫隙中奔走

　　《流年》和《村逝》是我近幾年中短篇小說的兩部選集，《流年》關於城市，《村逝》立足鄉村，兩部小說集沒有多大關聯，但它們有一個共同的母親。假如你拿到《流年》，又恰對它感興趣的話，不妨再找來《村逝》看看，反之亦然。

　　當編完這兩本書時，我驚訝地發現，《流年》中首篇〈流年〉是寫年輕公務員從縣城到城市的歷程，尾篇〈遍地太陽〉卻是中年下崗職工從城市到農村的步履，而《村逝》中的〈村逝〉則是表達傳統意義上的鄉村已經一步步消失。這與我的生活奇怪地合拍。年輕的時候，羨慕城市裡的生活，好多年都在努力進城；中年的時候終於到了城市，卻時不時懷念鄉村，每逢節假日急急忙忙訂車票，返回老家探望父親、兄弟，以及一大幫還在那塊土地上生活的親人和朋友，但鄉村已經不是我生活過的鄉村。

　　這麼多年，身體和文字一直奔走在鄉村與城市的時光縫隙之間。

　　大學畢業後那幾年，我在滹沱河畔的村子裡當老師。

　　還是 2003 年，一冬天沒有下雪，立春之後卻下了一大場。雪從頭天下午紛紛揚揚下起，晚上也沒有停，第二天早上 5 點

多起床去學校上早自習，發覺外面白茫茫的，比平時亮。推著自行車出了門，雪有半腿深，巷子裡沒有人影，也沒有任何人和動物活動過的痕跡，只有白。我有些自怨自艾，想這麼早誰會騎著自行車出門？忽然聽到一對新婚農民夫婦的聲音，婦人滿足後發出銳利的叫聲，在寂靜的早晨特別響亮。它像寺廟裡的暮鼓一樣，我眼前許多的門關上了；然而也像晨鐘一樣，同時推開一扇窗戶。我知道自己選擇的路和別人不一樣。

　　2008 年到 2011 年，我在離家鄉不到 100 公里的市裡借調，為了好好表現，早日調過去，每個星期五趕最後一趟大巴回家。有幾個星期五連續有事情，每次忙完匆匆趕往汽車站時，最後一班車已經走了。這時妻子經常打電話過來，問我坐上車沒有，我回答沒車了，電話那頭 4 歲的女兒就哇地哭了。每個星期一早上，5 點多起床，要趕最早的大巴去市裡上班。孩子從前一天晚上就緊緊摟住我的手臂。到了早上，我輕輕撥開她暖呼呼的手臂，往汽車站趕。冬日的早晨，寒風呼嘯，人們都還在夢鄉中，路上只能見到清潔工在昏黃的路燈下掃馬路。新年之前，妻子騙女兒我要早一天回來，女兒一整天等著，晚上我還沒有回去，她又哭了。很晚我才回了家，女兒帶著淚睡著了，手心裡握著幼兒園給她發的一顆糖和幾瓣橘子。第二年，有一位朋友也借調到市裡，他有一輛車，拉上我兩人結伴走。我們車輪一樣旋轉，每週至少熬一個通宵加班，卻調不過去，周圍一些因為有關係的人一個一個調了進來，兩人都特別

有情緒。有個星期一早上從家裡出來之後，兩人在路上邊走邊罵，車走了好久都沒有到市裡，看路標，原來光顧生氣，到了高速路出口居然沒有注意，超過去了。我們兩人商量著，乾脆別去上班了，直接開上車到省城去，找另一位朋友。但結果卻是到了下一個高速路出口返回上班的路。這多像小說呀！然而裡面的現實是生活，想像才是小說。後來我以這段經歷為背景，寫了許多篇小說，〈流年〉和〈薩達姆被抓住了嗎〉就是其中兩篇。

2011 年 9 月，我終於調到了省城，家安頓住之後，路上跑得少了，每逢節假日回老家，基本選擇坐綠皮火車。

公里的路程，需要坐 4 個多小時，途經每一個村落的小站都要停。在這列車上，車廂裡一般人都很多，許多人經常連坐票也買不到，多見的是沿線村落裡的農民、帶著尼龍袋子進貨的小商販、行李放在油漆桶中的打工小夥子、眉毛做得又粗又直的鄉下姑娘、穿著校服戴著眼鏡的學生、拿著裝病歷袋子的老人……這些人大多講著各自的方言俚語，生活經歷也各自不同，坐在他們中間，我彷彿回到了從前。

中秋節回老家後，回城時為了避免擁擠，我買好了提前一天走的火車票。沒想到那天那麼多人趕車。我在候車室遇到了一位兒時的夥伴，他拖著一個很大的行李箱，打算去我所在的城市趕廟會。這位朋友性子火暴，從小愛打架，還坐過幾年牢。從牢裡出來之後，就開始做套圈圈的生意。我不知道他碩

大的行李箱裡裝的是毛絨玩具，還是石膏雕塑，或者是些菸酒之類的玩意兒。和他同行的是他老婆。

我們有一句沒一句閒聊著，我知道他沒有買上坐票。快要檢票的時候，又來了位我們村坐火車的人，這位朋友馬上讓他老婆回去，說來的這個人可以幫他把行李箱弄上火車。我們兩個待的這段時間，他自始至終都沒有說過一句要我幫忙的話，我還一直以為他老婆要和他一起走。我告訴他上了火車可以和我一起擠擠，我們一家三口買了三張票。朋友說，你坐你的去吧，我和你現在說不到一起。

在城市裡，出行我一般步走或坐公車。坐公車有時免不了跑幾步趕車，但是每當看到身體臃腫的中年男女奔跑著，追趕即將離站的公車，心裡就有些淡淡的悲傷，彷彿看見了自己的影子。一次讀關於梁漱溟的文章，裡面寫到這麼一段故事。伍庸伯走了 20 多里路趕火車，快到車站時火車已到站，本來跑步能夠趕上，可是伍庸伯繼續保持原來不疾不徐的速度，等他到了車站，火車開走了，他又步行 20 多里路返回去。讀到這裡，我頓時覺得公車是可以不追趕的，但自己卻沒有那份定力，遇到車要走時，還是追趕。

最為遺憾的是，這麼些年一直沒有大塊兒的創作時間，本職工作和寫作無關，甚至還干擾得很厲害。也遇到過幾位領導告誡我不要寫小說了，好好幹本職工作。寫起小說來，偷偷摸摸，急急忙忙，既怕被周圍的人發現，也唯恐被什麼事情打

斷。這麼些年，寫的大多是短篇，即使這樣，也是經常有了好的想法卻沒有時間實施，或者寫了一半，狀態正好時，卻不得不去忙活什麼事情。常常想起卡夫卡《獵人格拉胡斯》中的一段話：「我一直在運動著。每當我使出最大的勁來，眼看快爬到頂點，天國的大門已向我閃閃發光時，我又在我那破舊的船上甦醒過來，發現自己仍舊在世上某一條荒涼的河流上。」但是生活中有無數我這樣的人，每天忙得死去活來，就像赫拉巴爾在《我為什麼寫作》中談道：「在波爾迪鋼鐵廠我明白了一個道理，只有理解別人，才能理解自己。跟我在一起幹活兒的還有其他人，他們的命運比我更加艱難，然而他們卻一聲不吭。」無數次比較卡夫卡和喬伊斯，他們的性格截然不同，但都站到了文學的巔峰之上。我沒有能力，也不是那種能使自己與世俗生活完全割裂開的性格，便唯有勤奮些。記得借調的時候經常加班寫材料，有時半夜兩點鐘才睡，早上五點半鬧鐘響起來的時候困得要命，心裡告誡自己，什麼也沒有還想偷懶，便趕緊爬起來，用涼水抹把臉，開始寫小說。有段時間大概太累，早上起來枕頭上經常有鼻血。每個週末回了家，也是伏在電腦上寫東西，很少陪家裡人。有一天女兒說：「爸爸，我希望你回來後家裡就停電。」我問為什麼，女兒回答：「那樣你就不寫東西了，能陪我玩。」我不知道自己是不是在用生命寫作，卻特別理解那些為了寫作拋棄一切的人，哪怕他們早早離開人世，但只要留下足夠好的作品，已經足夠了。對於一個人，他們真正活過。

幸運的是，這麼多年一步步走過來，理解支持我寫作的老師和朋友越來越多，他們像光一樣，摸不著，但無處不在。我在堅持寫短篇小說的同時，寫的中篇小說也多起來，不知不覺發表了130多篇。其中大多數作品創作時信心滿滿，寫完之後得意揚揚，覺得自己完成了一部了不起的作品，可是過不了多長時間，就開始懷疑、惶恐起來，便想趕緊再寫下一篇證明自己。在我懷疑自己的時候，這些可敬的老師和朋友們給予了我非常多的肯定，使我這塊稱不上璞玉的頑石從一堆石頭裡顯示出來，變得越來越有了些亮光。

　　其中一位我非常信賴的朋友，他的眼光十分好，在好多公眾場合給過我無私的褒獎。私下裡聊天，談到我小說存在的問題時，他覺得我的小說經常不朝一個方向努力，把力量削弱了，希望我能嘗試去寫些一竿子扎到底的小說。我對他的意見非常重視，常常想怎樣寫出這樣一篇小說。2015年月底，我讀到了A·雅莫林斯基的《契訶夫評傳》，他裡面有段話這樣評論契訶夫：「最有特色的小說缺乏純粹的敘事方面的興趣，有的小說沒頭沒尾，有的小說有一種靜止的性質，故事進行得慢，跟舞步一樣。那些小說不但不朝一個固定的結局活動，往往溜出正軌，或者故事還沒到高潮就逐步退下來。不過它們還是能夠用驚人的方法抓緊讀者的想像力。正因為不要捏造，不布疑陣，不耍聰明，原本鬆弛的地方並不故意拉緊，原本粗糙的地方也不故意削平，故事的進行適可而止的緣故，那些小說具有

使讀者身臨其境的力量。」我大為興奮，我的那些「缺點」契訶夫都有，他所達到的那種自然，是我一直努力追求的，而那時我差不多已經認為契訶夫是人類歷史上最偉大的短篇小說大師。文章還有一段話也頗適合我：「出身卑微，從小經人教誨，尊敬權勢，服從權力，感覺自己渺小，怎樣把奴隸的血從自己身上一點一滴地擠出去。」怎樣把奴隸的血從自己身上一點一滴地擠出去，正努力在做。

生活還在繼續，寫作也在繼續，引用契訶夫獲得「普希金文學獎」之後給朋友的信裡的一段話作為這段文字的結尾：「我的文學活動還沒有真正開始，不過是個學徒罷了，或者連學徒也不如，得從頭做起、從頭學習才行。要是今後花 40 年的工夫看書用功，那麼學成之後或許會朝讀者發出一個砲彈去，弄得天空也震動。」

是為序。

楊遙

　　自序—在鄉村和城市的時光縫隙中奔走

匠人

　　我們鎮上有許多匠人，泥匠、裱匠、木匠、畫匠、油漆匠、鐵匠、紙火匠等等。王明是個木匠，他總是戴頂藍帽子，一年四季不離頭，帽子上面泛著閃亮的頭油。他脾氣很好，不愛主動說話，誰與他搭話，都喜歡用是是是或者對對對來回答。他這種好脾氣人們很喜歡，他的手藝也比鎮上其他木匠確實好些。

　　春天王明給我家割家具時，那幾根榆木已經在屋簷下堆了好幾年。父親說，這些木頭乾透了。王明說，是是是。父親問，割一張床、一排靠牆的書櫃、一個大門，夠嗎？王明說，對對對。父親問，老明，為何和你說啥也是是是是，對對對？王明笑了，他把帽簷往下拉了拉，兩撇八字鬍一顛一顛，像狡猾的兔子。

　　王明開始在我家做工了，他帶來電鋸、電刨子、墨斗、尺子等一堆東西，卻只有一個人。父親問，老明，你手藝這麼好，為啥不帶個徒弟呢？王明點點頭，張開嘴，把一根木頭搬起來，斜著眼瞅了瞅，開始放線。電鋸轟鳴，他說什麼根本聽不清楚，刨花的清香在屋子裡瀰漫開來。

　　床要割成這樣子。書櫃……我把想像中的樣子向王明描繪。王明不說話，在紙上認真畫著。我的設想還沒有說完，王明已經畫出一架床和一排書櫃的樣子，上面清楚地標著各種部

件的位置、尺寸和樣子，比我想的周全漂亮多了。我說你設計得真好。王明往下拉了拉帽簷，笑了。

王明非常想要個男孩，可他老婆一連生了三個，都是女孩。第三個生下後，王明為了交超生罰款，花光積蓄還到處借錢。那幾年，人們彷彿總是看見王明老婆在奶孩子。尤其是夏天，她坐在巷子口的石磨盤上，孩子一哭，就掀起衣襟，胸前明晃晃的。村裡許多女人都這樣做，但王明老婆的動作特別惹人注目。因為她長得漂亮。

但她性子慢，幹什麼都慢騰騰的，還不愛收拾家。人們說她家炕上、地上都堆著滿滿的東西，連個下腳處也沒有。

王明來我們家幹活兒來不及吃早飯，總是帶著兩個饅頭和幾塊鹹菜疙瘩。進了門，把那個大罐頭瓶子灌滿開水，開始吃饅頭。母親見他每天這樣，嘆息一聲說，光漂亮頂啥用？

家裡吃早飯時，母親便在鍋裡留點菜和稀飯。王明一來，給他把那兩個饅頭熱上。王明喝著稀飯，臉上冒出紅暈來，說我們家的生活好。

王明在幹活兒時基本不說話，中間休息、喝水，老拿根鉛筆在紙上畫來畫去。有天我好奇，湊過去看了眼他畫的東西，居然是鼓樓和木塔的樣子。代州的鼓樓應縣的塔，正定府的大菩薩。人們都這樣說。可王明畫它們幹什麼呢？我不由自主地問他。

王明說，有空我想去鼓樓和木塔上看看，它們到底是什麼樣子，要是能搞到它們的圖紙，把它們縮小了，做成工藝品，

定能賣個好價錢。

王明的話讓我大為驚訝，他腦子裡居然有這樣宏偉的夢想。我說，確實是個好主意。但心裡嘀咕，怎樣能搞到它們的圖紙呢？它們可都是國家級文物。王明不知道想沒想過這個問題。他的鉛筆在紙上用勁兒描著，鼓樓的柱子特別亮特別黑，鐵做的一樣。我給他杯子裡續上水。王明說，不喝了，拉了下帽子，帽簷右側經常手拉的那塊地方磨破了，露出條條白色的纖維。他的眼睛亮晶晶的，閃著狂熱的光，盯到家具上時，光淡了下去，眼珠有點發黃。

中午了，王明還在幹活兒。父親說，老明，收工吧，該吃飯嘍。王明答應著並不停歇。床架已經做好，他在做裡面的床箱。

我們家開飯了。父親過去喊王明，老明，在我們家一起吃吧。王明說，不了，一會兒回家吃。他拿起一塊木板。

我們吃完飯，王明還在忙著。母親洗完鍋，父親開始睡午覺，王明離開我們家。他耷拉著肩膀，帽簷低垂著，街上只有他一個人，走一步影子往後縮一下，像被迎頭打了一棒的蛇。

有天四點鐘了，王明還沒有來。母親要去河裡洗衣服，王明不來不能走。等啊等，以為王明不來了，快五點時，他出現了。他見了母親，臉上帶著難為情的笑容，匆匆拉開了電鋸。

七點鐘時，家裡的人都回來了，王明也在收拾他的東西。父親遞給他根菸問，老明，還得幾天？快了，王明點點頭，明天我早點來，今天下午他媽的老婆睡過去了，孩子沒人帶。王

明的回答讓人吃驚。但以後有幾次，他都是這麼晚才來。

王明幹的活兒真是沒說的。床、書架漸漸成了形狀，和城裡賣的那些南方人做的款式幾乎一樣。床坐上去穩穩的，紋絲不動。書架不光結實，還實用，我量了一下，可以放幾千本書。

大門也做好之後，王明的活兒全部幹完了。這些嶄新而結實的家具亮堂堂的，散發著木頭的清香，望著很舒服。最後一天，我們犒勞王明。

給他倒上酒，他堅持不喝，說喝上頭暈，誤事情。他不喝酒，但吃起飯來非常快，而且似乎不愛吃肉，總是夾著菜吃。父親問，老明，不吃肉？王明說，也吃。那怎麼不見你夾？今天買的肉是三黃毛家自己養的豬的，放心吃吧，不是飼料肉。王明夾起一塊，放到嘴裡，閉上眼睛慢慢咀嚼著，那樣子認真極了。我們都放下筷子，望著他。王明吃飯居然也沒有摘帽子，烏黑的頭油使這頂帽子像鋼盔樣閃著光。王明嚼完這塊肉，睜開眼睛。好吃，比平時的肉好吃多了，說著，他又夾起一塊。父親笑了，他說，你要是再喝點酒就更好了，酒肉是親兄弟，不分家。王明搖搖頭。王明吃完第二塊，再沒有接著吃。父親見他不主動，拿起筷子來給他碗裡連菜帶肉撥了半碗。奇怪的是，王明只揀碗裡的菜吃，一會兒就只剩下肉了。父親問，老明，怎麼又不吃肉了？王明的臉驟然紅了。他抖抖索索從口袋裡掏出個裝了餅乾的塑膠袋，把肉一塊塊夾進去。老大愛吃肉，他說。老明你怎麼不早說？不嫌的話把這都拿

上，父親把盤裡剩下的菜都倒進王明的塑膠袋裡。王明不住地說，是是是。

王明又去別人家幹活兒了，他總是忙。偶爾我在路上碰到他，問，去看鼓樓了嗎？木塔我壓根兒就沒問，那麼遠。

王明的臉上總是泛著笑容回答，不忙了就去看，看不出有半絲遺憾或煩惱。

他老婆似乎喜歡把所有的活兒拿出來在巷子口幹，在那麼多人中間一眼就能瞧出她來。秋天的時候，她帶著孩子們在巷子口裝番茄醬。大女兒拿著小刷子，仔細清洗著用過的輸液瓶、罐頭瓶，洗好的碼在一邊亮晶晶的。旁邊盆子裡是切好的番茄。他老婆用勺子慢騰騰往裡裝，懷中的小孩不時用手撥一下，女人拍拍孩子，等她安靜了接著裝。二的過一會兒跑過來拍拍小的肩膀，拉拉她的手，或者在她臉蛋上親一口。女人喝斥幾聲，並不真正生氣。她臉上、脖子上濺上番茄，也不擦，乾了之後，臉上五抹六道，看起來有些妖嬈。

父親作為我們鎮上最好的油漆裱刷匠，和王明一樣活兒多得忙不過來。鎮上供銷社、工商所、稅務所等單位的活兒都讓他幹，還有些外地人慕名來找他。一次，有人請父親去二百里外的市裡，給寺廟的羅漢像描金。父親幹完之後，帶回一架剝玉米的機器。

我們村子裡的地因為不好澆水，大部分人家種了玉米。

到了中秋節，收割之後，每家院子裡堆得都是金黃的玉米。

放到冬天乾透之後，人們也閒了下來，便開始剝玉米，純粹用手。這是很煩人的活兒，種得多的人家得剝整整一冬天。

　　記得上小學時，哪家人家的玉米多得剝不完，和學校的老師說一聲，老師便帶上學生去幫著剝。剝完之後，學校把玉米棒子帶走，生火爐用。許多年過去，村裡人還是種玉米，但學校不敢讓學生出來剝玉米了，怕出安全問題。

　　父親帶回的這架機器，部件全是鐵做的，有一個手搖的曲柄，用起來很省勁兒，剝起玉米來還快。

　　父親帶回機器沒幾天，王明來到我們家。

　　他抱著一塊花格子的毛巾被，走得滿頭大汗。請他坐，他不坐。請他喝茶，也不喝。他繞著已經油漆好的床和書櫃轉悠了半天。父親說，老明，手藝不錯，晚上喝酒吧！王明嘿嘿笑著，趕忙擺手。見他老是不說話，父親急了，問道，老明，有啥需要幫忙的？王明說，沒啥，沒啥，依舊端詳著那些家具。父親與母親竊竊私語了半天，父親抬起頭來問道，你是不是手頭緊？王明漲紅了臉，拚命搖頭，終於嘴裡蹦出話來，能借借你家的剝玉米機器嗎？父親一聽，拍著王明的肩膀說，為啥不早說？我還懷疑你手頭緊，想借點錢呢。王明說，怕你家裡用。父親說，玉米還沒下來，用不著。再說，即使下來，也能借給你。

　　父親把機器抱出來。王明眼睛放光了，他用袖子把機器擦了擦，輕輕摸著它，然後搖了搖手柄。機器裡沒放玉米，齒輪

轉動發出均勻的嗡嗡聲。好東西！王明說。他把手中的毛巾被展開，小心地把機器放上去，抱回家去了。

大約過了十幾天，王明來還機器，手裡還拿著幾顆香瓜。他把香瓜放下時，露出貼著幾塊白膠布的手，有幾處擦破的地方還沒有處理，紅腫著。父親問，帶瓜幹什麼？王明說，不值錢的東西，地裡種的，嘗嘗鮮。你手怎麼擦成那樣？父親問。王明把手往背後藏了藏。父親給他倒了水，王明坐在炕沿上，使勁拉著帽簷，頭快勾到褲襠裡了。母親做好飯的時候，他趕忙站起來，縮到門旁，像下了狠心似的，臉唰地紅了。他問，王師傅，你那架機器多少錢買的？一百二。父親回答。你也想買一架？王明的臉更紅了，他說，我也做了一個，你看賣一百一怎樣？啊！父親吃驚地問，好使不？絕對好使，我試過了。那你也賣一百二吧，要不再貴點兒，這機器在咱們這兒是個稀罕貨，誰也需要。不不不，就一百一吧。王明彷彿怕父親再勸說他，急匆匆走了。

過了段時間，鎮上傳開王明賣剝玉米機器的消息，試過的人都說不錯，許多人去王明家買。王明沒那麼多貨，人們就把錢留下，先定上。

王明不幹木匠活兒了，在家裡整天做機器。他老婆也不到巷子口坐了，大概在家裡幫忙。

王明做的機器，幾乎和父親買來的一模一樣，只是他在手柄上包了塊軟布，握起來更加舒服。想起王明以前在紙上畫的鼓樓

和木塔，他真是手巧，如果有圖紙，他一定能製作出縮微版來。

冬天到來的時候，鎮上許多人家買了王明做的剝玉米的機器。機器又省力氣又好用，一個玉米用不了一分鐘就剝完了。又有更多的人去買他的機器。王明更加忙碌。

很少見王明了。有一次，我想做個根雕的底座，去找王明幫忙。一進他家院子，感覺出奇的荒涼。冬天了，乾枯的茄子、辣椒苗子還沒拔，番茄架子也在，隨著風吹發出嗚嗚的響聲。地上、臺階上有幾堆糞便，凍得硬邦邦的。還有些菜葉子，被凍在汙水結的冰裡面。進了門，渾濁的空氣撲面而來，明顯有尿騷味兒和煤煙味兒。一隻小狗跑到我身邊汪汪叫著，不斷絆我的腿。靠近櫃子的地方，擺著餵狗的盤子，裡面有半塊饅頭和幾塊肥肉。地上停著輛黑乎乎的自行車，旁邊還有輛快散架的童車。鞋、毛衣、襯衫、打底褲、絲襪、小孩作業本、衣服架子、幾盆乾死的花、一隻裡面泡著豆腐的鐵桶、五顏六色的泡麵袋和幾隻白色的塑膠袋亂七八糟堆在地上。櫃子上落滿灰塵，同樣有幾件衣服，還有一個上面滿是灰塵的神龕，裡面供著觀音菩薩。

王明看見我，從屋角一架小車床旁走過來。如果不是知道他是木匠，我都懷疑自己走錯了地方。車床旁邊擺放的都是鐵器，鐵架子、鐵筒子、鐵軸承、鐵螺絲……

王明用手拉了拉帽子，衝裡屋喊，給王老師倒杯水。裡面有女聲哎了下，這是我第一次聽到他漂亮老婆的聲音，很悅

耳。王明臉上到處是亂蓬蓬的鬍子，記得他以前只是嘴唇上留兩撇鬍子。他幫我搬凳子時伸出手來，黑乎乎的手上滿是傷口，有的已經好住結了痂，有的剛弄破，纏著膠布。他的嘴唇上也泛著乾裂子。

我說不坐。我不知道該說啥，讓王明幫做底座的話怎麼也說不出口了。王明又吆喝了，水呢？快了，快了。他老婆的聲音真好聽。我有些窘迫，打量下屋裡，忽然覺得不該是這樣。王明注意到我的動作，臉上出現一絲尷尬，他說，孩子們小，忙得沒時間收拾。我說，是是是，先把日子過好。

我想買架機器，我忽然靈機一動說。王明皺皺眉頭問，你家不是有嗎？兩架快些，我回答。對對對，王明說，你家要，不收錢，送你好了，不是你爸爸，我還做不出來。我連忙擺手，別，我家不著急，先給別人弄。我掏出一百元放到櫃子上，馬上告別。王明不要，我堅持放下。

出了王明家，路邊有個賣柿子的。我把口袋裡剩下的錢全掏出來，只有五塊六，賣柿子的給了我三斤。我忽然想起王明老婆還沒有把水倒出來。

那些有了機器的人家，冬閒下來後，早早就把玉米剝完了。正好趕上行情，賣得價錢不錯。過春節時，他們院裡沒有了往年的擁擠，打掃得乾乾淨淨，年好像比以前更有了氣氛。

我們鎮上除了種玉米的多，還有種向日葵的。有些頭腦精明的人把玉米、向日葵收下，賣往四川、山東、安徽等地，很

是賺錢。還有些人跑到北邊的大同、朔州、內蒙古收瓜子。可是他們買來的扇車不好用，慢，經常扇著就沒勁兒了，有時乾脆就自己停下來，而且扇得也不乾淨。他們發貨時，因為這，價錢總是被打折扣。

有天一個叫孟三的貨又被壓價了，他找到王明問他能不能幫他弄個扇車。王明慢吞吞回答，能是能，但，他指著地上的一攤東西。孟三說，光做這個能掙幾個錢？他數出五百元，放在櫃子上說，這是定金，做好後付剩下的，半個月時間夠不夠？王明說，我試試。

半個月後，孟三開著汽車從王明家拉走一輛扇車。很多人跟著孟三去他收糧的地方看。插上電源，倒進幾鍬玉米去。扇車呼呼響著，把站在旁邊的人吹得東倒西歪，幾鍬玉米眨眼間扇完了。王明捧起一把，遞給孟三，玉米金黃燦爛，裡面絲毫沒有樹葉、玉米殼子之類的雜物。孟三又打開開關，倒進更多的玉米。人們說笑著，看著扇車旋轉。停下來之後，孟三蹲下去扒拉裡面，半晌，他站起來，對王明豎起大拇指，唰唰點了一千元。一千元，人們驚呆了。那時我當老師，一個月還掙不到三百元。

於是，王明除了做剝玉米的機器，又開始做扇車。

後來，他鼓搗出的東西越來越多，密封番茄醬瓶子用的「緊蓋器」，電視接收信號的「鍋蓋」，能收到《美國之音》的半導體收音機，掏廁所糞便的「抽糞機」……只要有材料和工具，王明幾乎沒有做不來的東西。

王明生活明顯地闊綽起來。他老婆出來買菜時，手裡有了肉。後來，居然買了輛紅色的小木蘭摩托，她騎著它買菜，車筐裡放著魚、肉和各種水果、時鮮蔬菜。他最小的女兒站在前面的踏板上，眼睛亮晶晶的。

　　有天，王明突然來到我家，問父親認識「白種人」嗎？

　　父親說，認識，有什麼事？王明說，他去我家，說我偷稅漏稅。父親的臉馬上紅了。

　　白種人是稅務所劉達的綽號，三四年前調到我們鎮上。

　　他皮膚特別白，不長鬍子，皮膚上連汗毛也沒有。他老往女人堆裡混，收稅時，喜歡拍拍這個女人的肩膀，在那個屁股上擰一把，誰附和著賠上笑，他就免了誰這個月的，或者少收一些；誰要是翻臉了，他馬上臉拉得像驢，扣住眼睛要。

　　對待男人則是另外一副嘴臉，丁是丁，卯是卯，還總愛學別人說話，尤其是那些結巴的，或者從山裡搬下來口音重把「老天爺」說成「老錢爺」之類的，人家說一句他學一句。

　　他的家在縣城，每週回去一次，平時單身住在稅務所的宿舍。

　　稅務所的房子以往都讓父親油漆粉刷。白種人來了之後，還是找父親，但幹完所裡的，得把他家裡的也捎帶弄一遍。前幾天油漆粉刷完稅務所的房子後，晚上他請父親喝酒。兩人喝高了，他吹牛，父親也吹牛。父親說，我有個朋友是個木匠，可厲害了，什麼東西也會做。白種人問，他會做什麼？父親說，剝玉米的機器、扇車……父親數了一長串。父親說，鎮上

人用的都是他做的。

　　父親知道是因為自己說漏了嘴，他喃喃自語道，這個白種人！王明說，我也沒開店鋪，你能不能和他說說，讓他照顧一下。父親點點頭說，沒問題，我明天就去找他。然後他安撫王明道，大不了請他喝頓酒，別太當回事。王明點點頭說，是是是，你這樣說我就放心了，改天請你喝酒。父親忙擺擺手說，不用。王明告辭的時候，父親把他送到門口。王明帽子耷拉著，走到門口停住，轉過身來想說什麼。父親拍了拍他的肩膀。他沒有再說話，消失在黑暗中。

　　父親回到家裡自言自語道，這個白種人！都怪我多嘴。

　　他在地上轉了幾圈說，我現在就去找他。

　　大約過了半小時，門砰地開了，父親還沒進門就氣憤地說，不是個東西，遞不進人話。

　　父親去了稅務所，白種人正在看電視。父親和他說起王明的事。白種人讓父親別多管閒事，他說偷稅漏稅是大事，當年劉曉慶因為這還坐了大牢。父親說也沒人知道，問能不能象徵性地少繳點兒？白種人生氣了，問父親把他看成啥了，按規矩收稅是為國聚財，再說王明涉案的金額不算少。

　　他用了這些大詞，激怒了父親，也讓他有些驚恐。

　　父親在地上焦躁地轉來轉去，怎樣和王明說呢？都怪我多嘴，我不該和白種人提王明的事，他不停地埋怨著自己。我說，這事說有就有，說無就無，關鍵看白種人，別人不會無事

生非。父親忽然牙疼起來，疼得捂住腮幫子在地上亂蹦。吃了兩顆止疼片，還疼。母親打了顆雞蛋，把蛋清攪勻糊在他臉上。他躺在床上，頭不能動了，氣得身子還在顫抖。

從那天開始，白種人開始在我們鎮上調查。他在肉舖前、五金店前、小賣部前、糧店前、收糧的地方……凡是他能收稅的地方挨門問，你買王明的剝玉米機器了嗎，多少錢？你買王明的扇車了嗎，多少錢？你買王明的……人們見了他躲得遠遠的，可是他像跳蚤往人們身上蹦。

王明又來到我們家，臉變成黑的了，人不知道驟然瘦下多少斤，戴了多少年的帽子終於戴不住，摘下來掛在屁股上，露出發紅的頭頂。他嘴唇哆嗦著問，王師傅，到底該怎麼辦？萬一出事……我孩子還小。父親安慰他，不用怕，沒事，大不了出點罰款。真是活見鬼了，以前誰專門找個人討稅？王明長嘆口氣，說是是是，眼睛溼潤了。要不你主動找找他？父親說。拿多少呢？王明問。父親沉思半天，搖搖頭說，你看著辦吧，殺雞得用宰牛刀，這是個大牲口。

此後，打聽王明賣機器的消息漸漸聽不到了。我們以為王明打點之後，事情就這樣過去了。

可是不久之後，白種人去了王明家。

正在搗鐵皮的王明一見白種人，臉馬上變成土色，趕緊給他遞煙，指揮老婆倒水。可是家裡沒水，王明老婆趕緊接水，燒水。王明著急了，衝老婆發火，家裡連水也沒有？

沒想到老婆還沒還嘴，白種人說話了。不要衝女人發脾氣嘛，他說著，幫王明老婆往灶火裡傳了把柴，彷彿不小心，蹭了王明老婆的臉一下。王明的嘴哆嗦著，沒有再吭聲，接著搗鐵皮。

　　白種人喝了兩杯水，還坐著不走。王明心裡越來越慌，他沒有注意鐵皮已經很平很展了，還在繼續搗著，一不小心錘子砸在中指上。往日很能忍的他捧著血淋淋的手指，出人意料地大喊起來，我的手！他還故意在白種人眼前晃了一下，然後撞開門說，我到診所去。臨出門時，他悄悄瞥了白種人一眼，希望他能說句同情安慰的話，或者跟著他出來。

　　可是白種人地方也沒挪，嘴也沒動。王明最小的女兒嚇得大哭起來。王明趕緊加快速度往診所跑去。

　　把血糊糊的手指頭包紮好之後，王明怕回去見白種人，在街上亂逛起來。他轉了許多門市，什麼也沒買。電影院門口有人打撞球，王明以前對這從來不感興趣，現在卻停下來，看了一局又一局。又在照相館旁下棋的人們跟前停下，看了半天。人們很久沒有看見王明這麼閒，都問他。王明誇張地舉起自己的手指頭說，把手弄傷了！他在街上就這樣一直閒蕩著，儘管指頭疼得要命，也不想回家。

　　王明轉悠到孟三收糧的地方，天已經黑了，廠子裡吊著大燈，孟三正在指揮工人扇糧食。王明走了進去。他問孟三，白種人收你的稅嗎？怎麼不收，老流氓，可狠呢！你的事完了嗎？孟三回答完之後問。王明的臉色馬上變了，在黃色的燈光

下有些瘆人。他說，今天到我家了。這個流氓！孟三說，以前他在城裡的局裡，還是個小頭頭，因為調戲客戶，聽說還對十幾歲的小孩子動手動腳，被許多人告狀，受了處分，才貶到咱們這兒的。王明頓時心慌起來，趕緊調頭往家走。

進了院子，王明聽見屋子裡很安靜，以為白種人走了，頓時輕鬆許多，馬上忘了手上的疼，加快步伐，還有幾件活兒沒做呢。邁進屋子，最小的女兒正吃力地舉起大錘子，下邊蹲著他的二女兒。王明驚得馬上撲過去，一把奪下孩子手中的鐵錘，拍了她一巴掌。孩子哇地哭出聲來，蹲著的二女兒吃驚地仰起頭，她不知道剛才錘子可能落在她頭上。王明老婆聽見哭聲從裡屋跑出來。王明看見她臉漲得通紅，平時鬆開的領口扣子繫緊了，胸前鼓鼓的，像憋著許多氣。

老婆抱住孩子哄的時候，白種人從裡屋出來了，白色的臉像紙糊的一樣沒血色。他手裡拿著幾塊糖，遞給哭著的孩子，孩子手亂擺，不要。他遞給旁邊的二女兒，順手刮了下她的鼻子說，真漂亮！王明像被蛇咬了一口，抱起二女兒往後退了幾步。白種人撓撓手說，我也愛鼓搗些東西，一直找不下好師傅，以後拜你為師吧。王明趕緊拒絕。

白種人走了，孩子還在不停地哭，有些歇斯底里，女人怎樣也哄不住。孩子尖銳的哭聲像憤怒的人要把哨子吹破。

王明聞到空氣中有種奇怪的味道，像有東西腐爛了。

王明和妻子商量，咱們把妞妞送到私立學校讀書去吧？

老婆感覺莫名其妙，說道，瘋了？妞妞才十二歲。十二歲咋了？古代的人十二歲都結婚了。你有錢！掙下錢還不是為了孩子們！我不，妞妞要是被人欺負怎麼辦？白種人來了！

　　王明來找我，問認識不認識私立學校的老師，說想把妞妞送去讀私立。那時只有家庭條件好又特別忙的人才送孩子上私立，王明的想法我覺得有些奇怪，但還是給幾個在私立學校工作的同學打了電話，問明情況後告訴王明。王明說，看來私立管理嚴格，老師們也不錯。我說，就是費錢，孩子還不在身邊。王明說，是是是，重重地點了點頭。

　　不知道妞妞為什麼沒有去私立，白種人卻走到哪裡都說王明是他師傅，而且到處給王明攬活兒。他甚至還來到我家裡，對父親說，你家弄個鍋吧，能多收幾個臺。父親冷著臉嗯了幾下。白種人走後，母親擔心地說，他會不會給你使絆子？父親呸一口說，尿他！頂多以後不攬稅務所的活兒，也省得給他家白幹。

　　白種人開始每天去王明家。

　　然而人們去王明家買東西，發現一向好脾氣的王明變得很冷淡。有次，人們看見王明和白種人吵嘴。他不讓白種人再給他招攬活兒了，白種人不答應，涎著臉解釋。

　　有天，突然聽說王明把手軋斷了。我和父親去探望。王明一隻手纏著紗布，挎在脖子上，另一隻手在拔院子裡的草。看見我們，他臉上居然現出微笑，一點兒不像個剛軋斷手的人。

　　父親問，老明，你的手？王明有些輕鬆地說，搞掉個指

頭。他這種樣子很稀罕，說的時候好像在說別人。這時他的老婆出來補充說，把一個手指頭切掉了。王明臉上露出遺憾的表情，但堅定地說，以後不做那些亂七八糟的玩意兒了，還是咱的老本行好。不做這能行？她老婆皺起眉頭問。咋不行呢？王明有些生氣。他老婆好像有些理虧，沒有回嘴。

白種人不在。

王明用一隻手給我們沏茶，他家裡居然有熱水了！

王明養傷，閒了下來。認識王明這麼多年，他似乎從來沒有這樣悠閒過。路過巷子口，經常看見他用那只好手端著大罐頭瓶子裝的茶水，開心地聽著人們說什麼。他的老婆坐在旁邊，手中拿著一團毛線織來織去，好像心不在焉。孩子們在她身邊亂跑。

入伏前幾天的一個晚上，王明喝了酒，抱著架剝玉米機器來到我家，要送給父親。父親問，老明，你喝高了？沒沒沒，王明回答。我有些詫異，王明以前總說是是是和對對對，而且他從來不喝酒。

父親不要他的機器，說家裡已經有兩架了。王明堅持要送，說這是他留下的最後一架，以後孫子才再做這玩意兒。

父親繼續推辭。王明慢吞吞地說，其實這次來，還想求你個事。父親回答，直接說就行了，還拿這個！王明說，我再也不做這些東西了，人還是幹自己的老本行好。父親問，你的手好了？王明舉起來晃了晃，左手剩下四個半指頭。父親嘆口氣

說，不做也好。王明問，你知道誰家需要木匠嗎？父親說我想想，半天沒吭聲。我們這兒一入伏，許多活兒人們就不做了，因為天氣潮，做的東西乾不了，容易壞。王明看見父親沉默，嚥了口唾沫說，我也知道這時節人們不願意做了，也是想碰碰運氣，要不過了伏再說吧。父親看了看我說，要不你幫我家做個博古架，那東西看著挺有意思。

王明走了。那天晚上，氣溫很高，不知道什麼昆蟲「緊緊緊」地一聲接一聲鳴叫。

第二天，王明帶著他的電鋸、墨斗、尺子等工具來了。

我把收藏的根雕、奇石拿出來讓王明看。王明嘴嘖嘖響著，尤其是對那些根雕，表現出很大的興趣，他說沒想到木頭疙瘩能弄這麼漂亮。我打開本根雕的書，讓他看。王明邊翻邊點頭，一本書，翻了半個多小時。合上書，他眼睛裡閃耀著異樣的光芒。他問，這些樹根從哪兒來的？我說，有山上挖的枯樹根，有河床裡撿的，也有買下的。王明說，咱們這邊山裡有麻梨、黃荊、白樺、柏樹等等，崖柏就是長在懸崖上的柏樹吧？我想給他解釋，崖柏有兩種，通常指長在懸崖上的側柏，另一種特指重慶大巴山上的那種瀕危物種，但我沒有說，而是點了點頭。

收工後，王明告訴我他去看過鼓樓了，但沒有搞到它的圖紙，做了個東西，不精緻，沒法兒給人看。我安慰他。他說想借我的書看看。

做完博古架，入伏了，天氣又潮又熱，坐著不動，也汗出如漿。許多匠人們閒下來休息，王明卻進山了。

晚上，人們熱得屋子裡待不住，圍著路燈打撲克。王明回來了，背著個大樹疙瘩。有人問，老明，你帶的啥？

麻梨疙瘩。王明回了屋子沒有出來，過一會兒，他老婆也回去了。

從那天開始，王明就在自家大門洞裡打磨這個木頭疙瘩。

人們去他家裡買東西，王明一律回答，不做了。

白種人來過一次，王明堵在門洞裡不讓他進去。白種人說，師傅，我給你攬下些好活兒。王明用刻刀仔細地剔木頭縫裡的樹皮，頭也不抬。白種人不走，打量著那塊木頭疙瘩問，師傅你要做啥？王明拉過磨石，磨起刻刀來。磨了半晌，把閃著寒光的刻刀舉到臉前剔起指縫裡的汗垢來，剔到斷了的那根手指時，他冷冷地問，這也收稅？白種人打著哈哈說，師傅開玩笑。王明說，我要做根雕，你跟著我學嗎？

白種人打了半個哈哈，拍拍屁股走了。

整個伏天，王明都在門洞裡打磨這塊木頭。他的老婆和女兒待在屋裡不知道幹什麼，這麼熱的天。

有天王明來到我家，他的根雕做好了，讓我過去看看。

它隱隱約約像隻虎，有頭、四肢和尾巴，尤其是那黃褐色的火焰紋，像極了皮毛，還有一團一團的疙瘩，使它增添了幾分威武。

我說，真不錯！王明搓搓手說，第一次做。

伏天過去之後，王明開始幹老本行了。他收了個徒弟，是他老婆的侄兒。他的營生很快多起來，兩個人做也很忙。

王明收工之後，喜歡到河灘、野地裡瞎轉，偶爾也去趟山上，收集各式各樣的樹根。漸漸地他家的根雕多起來，它們擺在落滿灰塵的家具和亂七八糟的衣服、雜物中間，給人異常醒目的感覺。有次有個收古董的去了他家裡，買走兩件。剩下的王明經常擦抹，而且繼續做著。他家的這些東西越來越多，他老婆偶爾嘀咕幾句，埋怨這東西不能換飯吃，王明抬起頭盯她，她便不說了。

王明家的生活漸漸恢復到前幾年的那種水準，他老婆出來買菜，不騎木蘭了，說費油。他也再不提送妞妞去私立學校的事情了。我幫忙打聽喜歡根雕的朋友，可實在是少。

有一天，忽然有人說白種人喝多酒，晚上掉進了村子東邊的河裡。我的第一反應是王明又可以做以前那些稀罕的玩意兒了。父親也說，王明可以重新開始了。他把王明送我們的那架剝玉米機器找出來，給他送回去。王明送給我們後還沒用過。

父親從王明家回來，還抱著那架機器。他說，這頭倔驢，根本不要，說再也不做以前那些東西了。我想起他家門口的那隻麻梨疙瘩做的老虎，問父親，他家大門洞裡的那隻老虎還在嗎？父親皺起眉頭，想了想說，那個木頭疙瘩啊，磨得真亮。

養鷹的塌鼻子

鄰居們陸續搬出幾家之後，院子一下空曠多了，有時大白天聽不見一個人說話，駐足幾面牆壁前，能看見上面的土簌簌往下掉，露出已經變得發白的骨頭碴子一樣的稻草梗。

塌鼻子住進柴奶奶家的耳房，過了幾天，人們才注意到這個垮聲垮氣說話，個子不足一米五的男人。

幾個月之後，幾乎全鎮的人都發現這個矮個子男人什麼也不幹，整天在鎮上晃蕩。

有幾個傢伙問我，你們院子裡那個塌鼻子是幹什麼的？

我說不知道。他們奇怪地望著我，彷彿我沒有盡到自己的職責似的。在我們這個小鎮上，幾乎每一個人對另一家人都知根知底，可以往上數出三代他家裡是幹什麼的。對於什麼也不幹，我們一無所知的塌鼻子，大家感覺不對勁，甚至有些小小的恐懼。

其實這樣的問題，塌鼻子來我們院子裡十幾天之後，家裡人就議論過了。媽媽問，你說柴嬸家那個塌鼻子怎麼什麼也不幹？這是媽媽在問爸爸，她和爸爸說話時從來不稱呼對方的名字。正在吃飯的爸爸放下筷子說，他大概正在找事做吧！媽媽搖了搖頭說，不像在找事，他是不是個賊，在踩盤子？我眼前出現渾身上下穿著黑衣服，蒙著臉的賊，貓著腰用刀子撬門。

可是跟塌鼻子完全搭不上界，塌鼻子太不起眼了，不光矮，而且瘦。有一次我看見他光著膀子在院子裡晾衣服，皺巴巴的皮膚貼在肋骨上，露出一條條細長的青筋，像我們經常玩的剛出窩的小麻雀的肚子。爸爸說，不可能吧？說著他夾起一筷子鹹菜，咕嘟咕嘟喝了幾大口稀飯。媽媽還在考慮。我忽然覺得媽媽說的也可能對，哪個團夥裡踩盤子的、放風的不是最不起眼的人？我正想著，媽媽說，以後你少跟他打交道，哪有啥也不幹的人，肯定有問題！我說我也沒跟他打過交道。媽說就怕你以後跟上他惹事。

連續幾個人問過我關於塌鼻子的事情後，有一天我在棗樹下和小白龍、海軍說起塌鼻子。沒想到他們家裡也議論過他。這時天色已經微黑，正對著棗樹的塌鼻子屋裡沒有開燈，我們什麼也看不見。

海軍叼著一根牙籤，在嘴裡轉來轉去。他說這個傢伙可能是販毒的，這個行業最賺錢，每天賣幾包就可以了，所以看見他啥也不幹。

我和小白龍都覺得不像。我們鎮上那些賣料面的人到哪兒都開著大摩托，一說話伸出手腕子露出明晃晃的錶，像港片裡的古惑仔。塌鼻子走路慢騰騰的，還撿菜幫子吃，誰有錢會去撿菜幫子吃？

海軍瞇著眼望著對面的窗口，說你們不懂，那些最牛的人總是偽裝得最好。

小白龍不這樣看。他說塌鼻子跑到我們這兒可能是躲債，他根本沒錢，也不敢讓人知道他在這兒，所以總是一個人獨來獨往。

　　但他沒錢應該想辦法去掙呀，為啥啥也不幹？我問。

　　他不敢出去找活兒，怕人認出來。小白龍回答。

　　那他在街上瞎逛不怕人認出來？

　　我們三個互相抬起槓來。

　　院子裡的燈次第亮起來，可塌鼻子的屋子仍然黑乎乎的。在那幽深的黑暗中，我覺得裡面有雙眼睛在窺視我們，我一下覺得我們說的話塌鼻子都聽到了，心裡有種發涼的感覺。

　　海軍把牙籤往地上一吐，說，我跟上他幾天，看他每天到底幹什麼。

　　第二天我去上學的時候，看見塌鼻子也要出去。他走在我前面，走路發出的聲音很小，像一隻貓。一出大門，太陽照在他頭頂上，他腦袋中間沒頭髮的那塊又紅又透明，我想裡面裝的是什麼呢？

　　街上的鋪子正在摘門板，塌鼻子進了一家雜貨店，買了一包火柴，出來後看見我，笑著打了個招呼。我有些緊張，想他是不是發現我跟蹤了？塌鼻子點了一根菸，繼續往前走。我鬆口氣，跟在他後面。走到南巷子口的時候，他一下拐進去了。我猶豫著，一轉臉，看見海軍咬著牙籤神祕地朝我打招呼，跟著他也拐進去了。我放心地去學校了。

一整天，我都在想海軍跟著塌鼻子發現了什麼。

晚上我扒完飯，跑到海軍家。海軍媽說他還沒有回來。

我有些失望。

出了海軍家，看見塌鼻子屋子裡的燈亮了。我躡手躡腳溜到塌鼻子窗前，朝裡瞥了一眼。塌鼻子正躺在炕上吸菸。

我怕他發現，不敢多看，快步走過去。這時我看見柴奶奶站在她屋子門口，貓頭鷹一樣惡狠狠地盯著我。我不知道哪個地方惹她生氣了，小心地繞過她，往家裡走。身後忽然傳來一句話，小娃娃人家，別多管閒事。我在心裡回擊她，老雜毛，還不死。嘴上卻不吭聲，加快步子。

過了一會兒，我又到海軍家去，盼望海軍發現了什麼。

海軍媽正在洗腳，看見我進來，她邊用襪子擦腳邊說，海軍還沒有回來，你找他有事？

我有些發窘，回答，沒事。

快十點的時候，我又來到海軍家門前，吹了幾聲口哨。等了兩三分鐘，裡面沒有反應。回家路過塌鼻子屋子的時候，我迅速掃了一眼，屋子裡黑乎乎的，他大概已經睡下了。

躺炕上後，我在想海軍到底咋回事，這麼晚還沒有回家。我想他是不是在跟蹤塌鼻子的時候出了什麼意外。胡思亂想好久，我覺得一種危機潛伏在我們院子裡，後來幾個穿著戲服的人踏著瓦面進入我的夢中。

第二天我去上學的時候，感覺院子裡特別安靜，這種安靜像

大事爆發前的安靜，也像出了大事之後的安靜。我不安地朝四周望了一眼，海軍家的門打開了，他媽扛著一把鋤頭要去地裡；塌鼻子提著褲子從廁所裡出來，邊走邊打呵欠；小白龍拎著書包撞開門，大聲吆喝我。我鬆口氣，還是覺得總有事情要發生。

小白龍，你覺得院子裡有啥不對勁嗎？

沒啊，小白龍邊回答邊湊到我耳朵邊問，你發現海軍的爸爸好久沒有回家了嗎？

小白龍說話的時候，嘴裡散發出一股濃重的蔗糖的氣息，讓我感覺甜膩。我甩脫他架在我肩膀上的手臂，回答說，海軍爸不是走大圈圖去了？

老大，他是從大圈圖回來的。小白龍糾正我的話。

我一下想起昨天去海軍家那麼晚了，他爸爸還不在，確實有些奇怪。

農曆七月十五那天正好是星期天。我和爸爸去上墳，在墓地裡遇到了海軍。他爸爸還沒有回來，他一個人剛給他爺爺上完墳，嘴裡叼著半截菸。我望了望爸爸，他對海軍抽菸沒有半點反應。我羨慕海軍不用上學，家裡也不管他。我對爸爸說要和海軍一起回去，爸爸同意了。

我問海軍，你那天跟蹤塌鼻子怎樣了？

海軍吸口菸，咳嗽一聲說，太沒意思！跟了他一上午，他啥也沒幹，就是亂轉。從鎮上一直轉到南關，走得我都腿疼。他閒得蛋疼，看見啥也想問。光在東河邊的雜貨舖裡就待了半

晌，拿起一件件東西問價格，我看得都煩。

他是不是也想開個雜貨舖？

他還進了棺材鋪打聽棺材的價格呢。海軍白我一眼。

他什麼也不買，卻什麼都問，沒想到世界上還有這種人。海軍吐了一個菸圈。

後來呢？

後來他在照相館碼頭那兒看下棋，一直看了二十多局，沒人讓他接手，他就一直看，看到中午的時候我餓了，他還在看。

下午呢？

下午我出去的時候他還在看下棋，大概中午飯也沒有吃，還指手畫腳給人家支招。我一聽他的腔調就煩，下棋的人們也討厭他，有幾個人喝斥讓他悄悄的。可他過一會兒就忍不住說幾句，真賤！

從那之後，我有心留意了一段時間。果然幾次在照相館碼頭那兒看見塌鼻子在看下棋，有幾次激動地和人們爭論著什麼，和他平時安安靜靜那種樣子大不一樣。漲紅著臉，站起來又蹲下，嘴角都是白色的唾沫星子。只有一次，我看見他在下棋，很專注的樣子。我好奇地走過去，站在他旁邊悄悄地看。看見他只剩下一個過河的卒子、一個車和老將，而對方還有半副將士相、兩個兵和一馬一炮。對方將軍之後，吃了他墊進去的車，追著他的卒子和老將一直跑。我心裡連罵臭棋。轉過身來的時候，看見他那個位置已換了人，正在數落他。原來人家

去上廁所，讓他替幾把，他幾下給人家輸得落花流水。

塌鼻子和院子裡的人們慢慢熟悉之後，見了每個人都張大嘴微笑著露出黑乎乎的牙齒，主動上前去打招呼。可是人們幾乎都對他不怎麼感冒，只是簡單和他寒暄一句，或輕輕點一下頭。我有時看見他張大嘴笑著被別人冷落，覺得難受。知道是因為他這麼長時間了，啥正經活兒也不幹，讓別人瞧不起，便給他設計生活。他可以租點地，當農民；可以去工地上搬磚頭，壘石頭，扛麻袋，出賣力氣；可以跟著別人學學修自行車，修手錶，縫衣服，理髮，做個手藝人；他為什麼啥也不幹呢？

轉眼間，快到八月十五了，院裡的每戶人家都暫時擱下手中別的活兒，忙著收割莊稼。海軍爸爸也回來了，滿臉鬍子，一回家就躺倒睡覺，足足睡了二十多個小時。

我們家掰玉茭的時候，塌鼻子來了。我們都有些驚訝。

塌鼻子說要幫我們忙。我想起媽媽說過少和他打交道，擔心她拒絕塌鼻子。沒想到媽媽拿起爸爸的一件舊衣服，遞給塌鼻子，示意他穿上。塌鼻子扭捏了一下，說就穿他的衣服吧，最後在媽媽的堅持下，他穿上了爸爸的衣服。塌鼻子彷彿整個人都塌了下去，更加瘦小了。

到了地裡，他和我們每人兩壟一起掰。開始還能跟在我後面，後來越落越遠，等爸爸掰完兩壟轉回去時，他才走出地頭沒多遠。我掰完兩壟轉過來，往前掰了一會兒時，追上了塌鼻子。爸爸的那件衣服包住了他的屁股，塌鼻子一探身子掰玉

茭，衣服就往起掀一下，肥大的領口遮住他半個臉，像一件衣服想把自己掛在高高的玉茭上。我追上他時，他正揮舞著袖子擦汗，臉上手臂上被玉茭葉子擦出一道道紅印子。我說累了你歇歇吧。塌鼻子說，沒有幹過這種活兒，不習慣。我心裡想連掰玉茭都不會，到底會幹啥呀？但還是很感激他。

塌鼻子幫我們家掰完玉茭之後，又去幫柴奶奶家，幫海軍家……那幾天，塌鼻子每天去幫院子裡人幹活兒，很是辛苦。結果大家發現他一樣農活兒也不會幹。

八月十五那天晚上，人們把月餅、花糕和各種水果放在一個大盤子裡，供奉月亮爺。塌鼻子也在柴奶奶耳房前擺了一個小板凳，在一個盤子裡放了兩個月餅、一個梨、一個蘋果。媽媽說，供奉月亮爺哪能沒有花糕呢？她把我們家蒸的棗花糕給塌鼻子拿去一個。塌鼻子不住地鞠躬，感謝我媽媽。

第二天，院子裡的人們拿上月餅、花糕、瓜果等東西互相走動，每一戶人家都給塌鼻子準備了一份禮物。塌鼻子收到人們的禮物後，非常感謝，但他沒有像別人那樣，把自己的東西包一份，送給給他東西的人，這不大合乎禮節，人們有些意外。

塌鼻子感覺到了院子裡人們對他的善意，人一下變得勤快起來。不管人們在幹什麼，他看到都要上去幫忙。鄰居們看見塌鼻子願意幹活兒了，都樂意給他一個機會。修錶，修自行車，油漆家具……只要塌鼻子願意幹，就讓他上手。可是塌鼻子笨得要死，明明告給他怎樣做了，他就是學不會。

修錶他把零件掉到地上，害得近視的「三叔」趴在地上和他一起找。修自行車用錘子砸了自己的腳。油漆家具他怎樣也刷不勻漆。我爸帶他去裱家，辛苦了一整天，晚上收工的時候，他糊的那間頂棚的麻紙忽然整塊掉了下來……他一幫忙，人們就越忙。碰上手裡趕活兒的時候，誰都怕塌鼻子在場，他一在場，大家手忙腳亂忙上半天，還是趕不出活兒。

嘗試了許多活兒之後，人們對塌鼻子越來越失望，對他開始冷言冷語諷刺起來。塌鼻子自己也對自己失望，他又開始像以前一樣整天在街上遊蕩。

這時天氣冷了，街上不比以往那樣熱鬧。買東西的人一少，開舖子的人們便把門關住，坐在裡面捂著爐子等顧客上門。塌鼻子幾乎不買東西，自然不受老闆們歡迎。他進了舖子，老闆們愛理不理任他在地上轉幾個圈。他走的時候，人家連句客套話也不說。只有中午比較暖和時，照相館碼頭那兒才開始有人下棋，塌鼻子也才有個去處。

他經常捂著凍得發青的臉，在院子裡遇見人說，真冷！

冷！人們回應一聲。

塌鼻子來了鎮上幾個月了，沒有見過一個親人來探望他。

十一月初，我過生日的時候，媽媽炸了一些油糕，讓給塌鼻子送去幾個。一進柴奶奶的耳房，我打了個冷戰，裡面怎麼沒有生爐子呢？耳房裡一條炕，一口鍋，一個櫃子；炕上有一捲鋪蓋，塌鼻子穿著衣服圍著被子發呆。

我媽讓給你送幾個糕，放哪兒呢？我冷得磕著牙巴問。

塌鼻子從炕上跳下來，擦了一下鼻尖上的清鼻涕，隨手抹在炕沿上，從櫃子裡拿出一個空碗。我剛把油糕放碗裡，他就迫不及待地夾起一個，咬了一大口，糖汁順著他的下巴流下來。他說，告訴你媽，好吃。

我從他家出來走到太陽灣裡，才感覺身上有了絲熱氣。

回家對媽媽講了塌鼻子的事，媽媽說，一個可憐人，不知道多少天沒吃頓好飯了！她又夾了些菜，讓我送過去。我到了塌鼻子家時，看見放糕的那個碗已經空了，塌鼻子正用舌頭舔碗裡留下的糖汁和油，他看見我，不好意思地笑笑，說，洗了太可惜。

我想塌鼻子的家到底在哪裡，他以前是幹什麼的？

下午回家時，我忽然在大門道裡看到幾塊血跡。冰冷的血黏在青石上黑糊糊的，像一攤醬油。我有些驚恐，趕緊跑回家。媽媽說，塌鼻子被閻三打了！

我們鎮上的人見多了閻三打人，尤其是打外地人。

我眼前出現燙著捲髮的閻三，眼鏡蛇似的冷冰冰地盯著塌鼻子，一拳把他鼻子露在外面的部分打得凹回去，塌鼻子的臉上出現一個洞，血呼呼往外冒。

為啥閻三打塌鼻子呢？我問。

還不是因為人家下棋他在旁邊亂說。

我往照相館的碼頭前跑，一路上不時看到一滴一滴發黑的

血跡，被亂七八糟的腳印踩得骯髒不堪。到了碼頭前，風呼呼刮著，一群看熱鬧的人不嫌冷，散亂地站在一起，正在議論剛才的事情。碼頭前的臺階上有一大攤血，比我在大門那兒看見的多許多，大概因為多，還沒有完全凝固，上面有幾個發紅的氣泡在慢慢地破裂。一隻黑色的鳥站在對面屋頂的瓦面上，腦袋往前傾，盯著這攤鮮紅的血。

我忽然十分生氣，拾起一塊石頭，用勁朝那隻鳥扔去。

鳥偏了偏頭，冷峻地朝我看了一眼，不慌不忙扇著翅膀飛到遠一點的地方。我又拾起一塊石頭，它飛走了。

這時一塊烏雲過來，頓時讓人感覺陰冷無比。我縮著脖子，離開那群人緩緩往回走。來時路上的那些血跡在漸漸暗下來的天色中變得朦朦朧朧，與灰塵、狗屎和痰混在一起毫不起眼。我想第二天或者最多過上三天，大概就看不到了。

到了大門口，裡面更加幽暗，簡直什麼也看不清。我小心翼翼繞過那塊有血跡的地方，回到家裡，倒了一大杯開水，咕咚咕咚喝起來，我感覺一點兒也不燙。喝完一杯水，我又倒了一杯，想了想，加了點白糖，端到柴奶奶的耳房裡。屋子裡沒有開燈，我差點一腳踩在地上的洗臉盆裡。塌鼻子躺在炕上，嘴裡發出微微的呻吟聲。藉著窗口的微光，我看見他的鼻子還長著，沒有變成一個洞。他額角上有一塊沒有擦乾淨的血斑。

後來，我從幾個人口中聽說了事情的經過。就是因為那天閻三下棋，塌鼻子也許不認識他，還像以前那樣在旁邊指手畫

腳，閻三輸了幾局之後，猛不防一個巴掌扇過去，說還沒有見過你這樣嘴碎的男人。

塌鼻子一下驚呆了。

旁邊看著的人也愣住了。

這時，人群裡有人陰陰地說了一句，這個傢伙啥也不幹，就是欠揍。

他的話剛說完，閻三又一巴掌上去。

馬上很多人紛紛表示對塌鼻子的不滿，大家都覺得他啥也不幹住在鎮上不正常。閻三知道自己以前打人，人們雖然嘴上不敢說啥，可心裡怕他，恨他，背後罵他，沒想到這次打這個傢伙會得到這麼多人的支持。他越打越有勁。

塌鼻子沒想到自己啥壞事也沒幹，居然惹惱了這麼多的人。他想跑，有人故意堵在前面推他一把，或者腳下給他使個絆子。

人們把自己在勞動中集聚的怨氣都發洩在了塌鼻子身上。

直到柴奶奶路過這兒，看到塌鼻子被打，才拽住閻三。

人們望著這個潑辣的街坊，知道塌鼻子是她留的房客，有一些人悄悄溜了。

幾天之後，我在院子裡碰到塌鼻子，他沒有像以往那樣一見我就笑，而是用空洞的眼神望了我一下，低頭朝街上走去。他臉上落寞的表情，像棗樹頂上那幾片乾枯的樹葉，我一輩子都忘不了。我忘記自己要去幹什麼，跟在他後面。塌鼻子的身體像一具沒有靈魂的東西，輕飄飄地朝鎮子東邊走去。路過照

相館碼頭的時候，沒有一個人，風把碼頭朝街的那面牆吹得發黑。塌鼻子肩膀稍微抖了抖，身子朝對面移了幾步，完全走在對面房子投下的冰冷的陰影裡。

快到河灘那兒時，零星的幾幢建築擋不住風，樹、枯草、電線、垃圾堆一起發出淒厲的聲音，雲把天空壓得非常低，整個世界彷彿只剩下塌鼻子一個人。他轉身往北面的奶奶廟走去。穿過一堆爛石頭和磚礫，來到只剩下一個房架子的大殿前，猛地跪了下去。雲彷彿就垂在塌鼻子頭頂。塌鼻子從懷中掏出三炷香，窩著身子點了幾次，好不容易才點著。他舉著香對著空蕩蕩的大殿拜了三次，然後把香插在磚頭縫裡。幾隻烏鴉從大殿裡飛出來，淒厲地叫著，被風捲著飛向遠處。

塌鼻子跪在風裡，像一座泥塑，等那三炷香燒完，他才站起來，用袖子擦了擦眼角，往回走。

快到大門口的時候，裡面傳來幾聲叫罵聲。塌鼻子繼續往院裡走。海軍爸爸拿著一根鍬把正在揍海軍。他邊打海軍邊罵，你這個二流子，這麼小就遊手好閒，難道你想像那個塌鼻子一樣，快死的人了還啥也不會，到處被人瞧不起？塌鼻子的臉一下變得刷白，慌亂朝屋裡走，差點摔個跟頭。

那天晚上我們剛吃完飯，忽然聽到外面有敲門聲。誰？

爸爸媽媽同時問。

門輕輕被推開了，塌鼻子站在門口不進來，手裡提著一個塑膠袋。

進來吧，媽媽嚷。她還不知道塌鼻子叫什麼名字，有些尷尬。

塌鼻子走到炕邊，把袋子放到炕上，裡面是三個橘子。

媽媽拍拍炕說，剛燒的，坐上來吧。

塌鼻子猛地一下跪到地上，衝我爸爸磕了一個頭，大聲說，楊師傅，你讓我做你的徒弟吧？

我想起塌鼻子白天跪在奶奶廟，衝那沒有「神」的大殿裡拜的樣子。

爸爸趕忙跳到地上，把塌鼻子扶到炕上。

塌鼻子說，楊師傅，讓我跟著你幹吧，我不要工錢，只要給碗飯吃，有點事做就行。

爸爸為難地皺起眉頭，想起上次頂棚掉下來的事情，這讓爸爸覺得很丟人，也窩了工。

塌鼻子見爸爸這樣，又要往地上跪。

媽媽對爸爸說，你不是正忙不過來嗎，找他幫襯一下不是正好？

確實，整個冬天都是爸爸的忙月，許多人排著隊找他裱家，我們經常還沒有吃早飯，就有人來家裡請爸爸。晚上也有人來敲定幾天後的活兒。說得晚的人家，一等就得至少等半個月。爸爸每天早出晚歸，還是幹不完活兒。

不是我不願意要你，是你不適合幹這個。你的個子 —— 爸爸說，即使你學會這門手藝，你個子太矮，做起來太費勁。

塌鼻子眼裡的光迅速暗下去，他咚一下跳下地，要走。

我發覺塌鼻子的個子真是矮，坐在炕沿上居然腳都探不到地。

你等等。爸爸邊說，邊望了媽媽一眼，然後說，你願意學插紙貨嗎？

願意，願意！塌鼻子一聽，一迭聲地答應。

媽媽說，學這個挺好，又省力氣又賺錢。

裱家和插紙貨作為我家祖傳的手藝，在附近三村五里很有名氣。當年找我爸爸插紙貨的人和找他裱家的人一樣多。

人們家裡死了人做紙貨，第一個想到的就是我爸爸。我小時候還經常在煤油燈下幫著爸爸疊花圈上用的紙花。後來媽媽病了一場，看見滿屋子擺的紙紮感覺不舒服，又覺得幹這行不吉利，就不讓爸爸做了。

那天之後，塌鼻子開始正式跟我爸爸學插紙貨。他來我們家時，經常帶一些奇怪的小玩意兒，比如幾個嵌在鏤空的花籃上面的精緻的銅環，皮做的油光發亮的套袖，連著丈許長雙股麻繩的皮條子。我問他這些東西是幹什麼的，他笑瞇瞇地不說。

半年之後，塌鼻子幾乎學會了我爸爸的全套手藝，他插的供奉小人像真的一樣，做的紙馬拍拍屁股還能走幾步。找他做紙貨的人越來越多。人們來了我們院子經常問，王師傅住哪裡？人們好像忽然都知道了塌鼻子本姓王，叫他塌鼻子的人越來越少。

有一天，塌鼻子突然來到我們家，說要回老家去了。

我們一下愣住了。

老家和塌鼻子放在一起，不，和王師傅放在一起，讓我們覺得非常陌生，我們從來不覺得他遠方還有個家。

這兒不是挺好嗎，為啥要回去？媽媽問他。

我想讓那邊的人看到我學會手藝了。塌鼻子有些害羞地說。

媽媽炒了幾個菜，給塌鼻子送行。

塌鼻子喝上酒之後話多了起來，或許因為他覺得以後再見不到我們了，敞開心扉說話。他說他家祖上馴鷹，康熙年間他爺爺的爺爺馴的鷹還曾被當地縣官獻給皇上。他年輕的時候也馴鷹，很受人羨慕。後來鷹越來越少，成了國家保護動物，他別的什麼也不會幹，不願在老家被人看不起，便出來尋個地方打算打發下半生。

我們誰也沒有懷疑塌鼻子說的話，認真地聽他講著那彷彿非常遙遠的故事。

我想起塌鼻子給我的那些神祕的東西，把它們拿出來要還給塌鼻子。塌鼻子說，我要它們已經沒有用了，你爸爸給了我新的生活。小兄弟你留下做個紀念吧。

第一次有大人和我說這種嚴肅的話，我一下覺得這些東西異常珍貴，但我還是好奇地問，你為啥來我們這兒呢？

《酉陽雜俎》上記載你們這兒唐朝時就產鷹，我原本希望來了這兒……

唐朝。鷹。《酉陽雜俎》。這些奇異的詞弄得我迷迷糊糊，我把塌鼻子給我的東西牢牢抱在懷裡，知道那是些寶貝。

弟弟帶刀出門

「要想找到你認為美好的顏色，首先準備好純淨的白色底子。」

—— 李奧納多·達文西

1

弟弟第一次進貨那天，家裡人都早早醒了，大家蟄伏著不動，長短不均勻的呼吸聲暴露了每個人都在裝。大家還是裝著，屋子裡有一種特別的安靜，一隻老鼠出來窸窸窣窣啃東西，沒有一個人喝斥。那種清醒的控制著自己的裝睡，比睡著難受多了。

四點半，鬧鐘一響，猛一下都坐了起來。彼此驚了一跳，有些尷尬。拉著燈後，屋子裡由黑暗變得昏暗，像從黑夜返回到了黃昏。

弟弟匆匆吃了幾口飯，急著便要走。

我看了看錶，離五點還差三分鐘。這時媽媽和爸爸一起說，別誤了車。其實我們都知道，縣裡那輛去太原進貨的車五點半才出發，到我們村口，最快也得用十分鐘。可我心裡也擔心弟弟誤了車。萬一那輛車早早拉滿人，提前出發呢？

弟弟拎起腳邊的包，衝我們笑了笑說，把這個東西帶上

吧！說著他把一把裁紙刀放進包裡。這把刀五寸左右長，刀背有牛角一樣的弧度，刀刃已經磨得坑坑窪窪，黑乎乎的看不見一絲寒光。弟弟說話的時候，燈光暗黑的影子在他臉上移來移去，把他的恐懼照得一覽無遺，本來為他這次出門就擔憂的我更加擔憂。爸爸媽媽也是滿臉憂慮。在我們這裡，誰沒有聽到過進貨被搶或偷的故事？再說弟弟從來沒有出過遠門，太原是第一次。

臨出門前，媽媽又叮囑，錢帶好了吧？弟弟摸了摸小腹下邊。

出門後，我們不再提錢的事，都知道隔牆有耳。

那天有星星，我卻感覺異常漆黑，平時熟悉的路變得到處都是坑坑窪窪。我們深一腳淺一腳擁簇著弟弟到了公路上，天彷彿更黑了，不知道是黎明前的黑暗，還是本來就更黑了。路上幾乎沒有車，風像一把大掃帚呼呼用勁劃拉著公路，頭頂上的電線嗚嗚叫著發出哀傷的聲音。等了很久，腳麻得像兩坨石頭，那輛進貨的車才來了。它突然就停在了我們的面前，裡面的燈嘩一下亮了。弟弟幾乎來不及跟我們告別，就擠進了那個緩緩往開打的車門，彷彿那兒有一種神奇的吸力。車又轟鳴著發動起來往前跑去。

車裡的燈滅了，兩個紅色的尾燈也一眨眼就不見了。

我們不約而同打了個呵欠，往村子裡走去。

媽媽說，弟弟從來就膽小。他小時候，我一聽到有他這麼

大的娃娃哭，就以為他被人欺負了。我眼前出現我和別人打架，弟弟躲在一邊哇哇大哭的情景。爸爸說，那把刀子，唉！幾隻狗拚命大叫起來。

弟弟帶回了如來佛、大肚彌勒佛、觀音菩薩等幾箱子佛像，最大的有二尺多高，最小的才五六寸。它們大多是瓷質的，有的純白，有的象牙黃，有的白底上面點綴紅色的瓔珞和金色的衣服，還有一些是銅質的，沉甸甸的散發著莊嚴的光。除此之外，他還帶回一箱子佛龕和香爐、燭簽、香筒、蓮花燈、木魚等配用品，以及各式各樣的香。

我們看到這些東西后都非常驚訝。

小店賣什麼東西此前我們商量過，當時主要在副食和衣服中間搖擺不定，沒想到弟弟帶回的是這樣一批稀罕的玩意兒。當我們用徵詢的眼光望著弟弟時，弟弟的目光遊移不定，他說，貨賣獨家，鎮上那麼多店鋪還沒有一家賣佛像供品的，一定賺錢。弟弟說完之後就藉口累了，一頭紮在炕上。我不明白為啥弟弟進回這樣一批東西。爸爸說，進回些這東西，能賣了嗎？媽媽盯了他一眼，朝炕那邊點了點。爸爸嘆了口氣。

我們把佛像一件件擺上貨架，驚訝地發現一種神聖的光從那些瓷質、銅質的佛像上散發出來，使這間不到二十平方公尺的屋子莊嚴起來，不再那麼窄逼，矮小。媽媽抽出一支香，對著最大的那尊觀音菩薩，深深地拜了下去。

在箱子的最底部，有幾本書。我拿起來翻了翻，都是經

書。封面一律是黃色，開本有大有小，紙張優劣不一，字體的大小也不一樣，一看就是些贈送品。然後發現了一包嚴嚴實實的東西，把包裝一層一層撕開之後，是五把漂亮的刀子。它們插在精緻的皮鞘裡，不到一尺長，刀把上鑲嵌著紅色和綠色的寶石。我拿起一把，沉甸甸的。拔出刀子後，寒光閃爍，馬上有一種力量從刀把上傳到我手上，然後心裡。摸了摸刀刃，沒開刃卻能感覺到鋒利。我把它緩緩插回刀鞘，想起弟弟出門進貨時帶的那把裁紙刀，與這幾把比起來，太垃圾了。

我在正面的貨架上釘了一顆釘子，把其中一把刀子掛上去。看了看，覺得確實好看。

弟弟請人做了一個「佛香閣」的牌匾，與隔壁光明照相館的牌子並排掛在一起，選了一個吉日，我們的小店開業了。

鞭炮響過之後，衛星的奶奶走了進來，頭髮梳得一絲不苟，整張臉上，有一個突兀的大鼻子。她虔誠地雙手合十，向最大的那尊觀音拜了下去，然後向東邊的，西邊的。又有幾個女人進來，差不多都四五十歲，看到這麼多佛像，她們的眼睛放出光來，她們樸素灰暗的衣服隨著她們眼中的光神奇地鮮亮了起來。幾個提著籃子的年輕些的女人進來，瞧了一下走了。有個梳牛角辮的小女孩跑進來，問，有沒有糖？又跑出去了。兩個年輕人晃著膀子走進來，是衛星和「花生」，他們直奔掛著的刀子。

衛星。奶奶叫他。衛星張大嘴，有些誇張地說，是奶奶

呀！順手把刀子取了下來。多少錢？花生問。衛星你過來。奶奶說。衛星不情願地把刀子遞給花生，向奶奶走過去。奶奶把嘴湊到衛星耳朵上告誡，不要和那些不三不四的人在一起！她忘記自己耳背，聲音奇怪的高而尖銳。屋子裡的人都大笑起來。花生不自然地嘿嘿笑著，放下刀子，走出門去。衛星惱怒地瞪了一下奶奶，大步追去。

這個不省心的爺爺！都是叫那些勾魂鬼帶壞的。衛星奶奶追著說了一句，對著最大的觀音拜下去，祈禱保佑她的孫子。然後拿起一尊觀音問，這尊多少錢？

到傍晚時分，請走了三尊觀音菩薩，還賣了一套供器，外加十幾塊錢的香和紙。弟弟興奮地算著一天的盈利。媽媽伸著細長的脖子，朝漸漸黑下來的街上張望。

兩個人前後腳進了店，是看風水的「鍾馗」和奶奶廟的跛子和尚。

鍾馗打扮得與和尚差不多，短頭髮，灰色袍子，黃色的氈靴。

他與跛子兩個對望了一眼，各自朝四壁的佛像望去。

看了一會兒，跛和尚朝弟弟笑笑，雙手合十點點頭說，阿彌陀佛。先走了。

鍾馗開始說話。這是西方三聖。騎獅子的是文殊菩薩。騎白象的是普賢菩薩。這是……鍾馗足足說了半個多小時，嘴角邊都是白色的唾沫。

弟弟一句話也不說，認真聽著。

第二天，弟弟看店時拿起了佛經。從那之後，弟弟幾乎經不離手，只要店裡沒顧客，他就唸唸有詞。有幾次，我看見他拿著我的字典，查經書上的字。

2

小店的生意不理想。初一、十五這些日子稍好些，平時只能賣些香、紙、燭等消耗品，偶爾有人請走一尊佛像，我們都會在心裡念阿彌陀佛。幸虧小店是自家的，要是別人的，可能連房租都不夠。鍾馗經常來，弟弟現躉現賣，與鍾馗談起佛教來，總是磕磕巴巴，有時說錯一句話，被鍾馗糾正，他臉馬上就紅了，雙手搓來搓去，不知道擱哪兒好。

看刀子的人倒不少，除了衛星和花生，還有「大頭鬼」、「軍長」這些傢伙，他們燙著捲髮或者剃著光頭，沒有一個和正常人一樣的。每次鍾馗一來，過一會兒這些家夥就來了，他們對鍾馗非常客氣，親熱地叫他鍾馗師傅！

鍾馗對他們也非常客氣。

鍾馗看佛像，他們看刀子，兩不相干。過一會兒，他們就會湊到鍾馗跟前，指著一尊佛像問，這是哪位神仙？

有一次花生指著文殊菩薩問，這是把孫猴子壓在五行山下的如來爺爺嗎？他真是威風，騎的都是獅子。弟弟忍住笑，不吭聲。與這些流裡流氣的傢伙講話，他也磕磕巴巴老是緊張。他害怕講錯話挨打。

鍾馗一走，弟弟就會很認真地拿出佛經，尋找他們剛才談過的內容。弟弟看得很認真，半天才翻一頁，有時剛翻過去，馬上又折回來看，還經常在上面做記錄。

　　那些人走後，店裡會有一種奇怪的酸酸的味道，像橙子、貓尿等東西混合在一起。人們說那些人裡有些傢伙吸毒，他們買刀子，大概為了防身。也有人說，大頭鬼拿著刀子攔路劫人。弟弟聽到這樣的話，總是渾身不自然，把一束香點燃，插在各位佛像前的香爐裡。鍾馗說，眾生平等，不可有妄念，妄自去猜測別人。

　　到一個月頭上，佛像沒有賣多少，刀子卻賣完了。

　　弟弟再次去進貨時，還是帶了那把裁紙刀，看著這把黑乎乎的刀子，想起他賣完的那些精緻的刀子，我嘆了口氣。

　　這次弟弟進回一箱子刀劍，有三尺多長的龍泉劍，一揸多長的彈簧刀，還有各式各樣的工具刀、工藝刀。那時我們縣裡去太原進貨的車都停在服裝城的一個院子裡，大家進上貨把東西放在行李倉裡，不用經過任何安全檢查，換成現在，他這些刀劍大概就帶不回來了。

　　弟弟在刀劍之外，還帶回了一個小箱子，打開之後，上面放著厚厚兩層書，除了有些和上次那些贈送的一樣外，還有《禪燈夢影》、《金剛經說什麼》、《中國佛教史》……我大吃一驚，想他讀完這些書得花多長時間，萬一他真的信佛了，怎麼辦？

　　有一天，弟弟突然宣布說他要吃素了。媽媽聽到後怔了一

下，問，上次咱們啥時吃的肉？十月初十，我回答。

那是弟弟的生日。在我們家，一年吃肉的日子也就那麼幾天。過大年、七月十五、八月十五和家裡每個人過生日的時候。

弟弟宣布完的第二天，媽媽把菜盛好之後，弟弟端起碗來嗅了嗅，問，豬油？就重重地把碗推到一邊。

又過了幾天，弟弟把自己所有色彩鮮豔的衣服送了人，包括以前非常喜歡而捨不得穿的一件紅色羽絨衣。

天氣一天天冷下來之後，弟弟坐在門口硬椅子上閱佛經，不停地用僵硬的手指揩清鼻涕，表情肅穆。媽媽邊給他縫棉衣邊罵，活該！唸佛機裡傳出「南無阿彌陀佛」的梵音，在寂寥的屋子裡一遍遍莊嚴地迴繞。

望著弟弟走火入魔的樣子，我心裡暗暗悲哀。覺得為了做生意沒必要把自己搞成這個樣子。要是真正信，也不是非要吃素唸經，像濟公那樣酒肉穿腸過不一樣成佛？再說，弟弟的性子綿綿軟軟，連自己也保護不好，怎樣度別人去呢？我一向瞧不起那些生活不如意就去信佛信耶穌信太上老君的人。真的，信什麼，首先自己活個樣子出來。

沒想到，弟弟出息得很快。

有一次，看見他在店裡和鍾馗辯論，不高不低幾句話，說得鍾馗面紅耳赤，濃黑的兩道眉毛垂下來，要不是旁邊有幾個看刀子的傢伙，鍾馗可能撐不住馬上就溜掉。

還有幾次，看見弟弟給衛星的大鼻子奶奶講解她手裡拿的

佛經，那種認真勁兒，把我也馬上吸引了過去。弟弟沒有因為我的加入受到絲毫干擾，他繼續往下講，衛星奶奶不時合掌點頭，我心裡也不由點頭。慢慢地周圍圍了一群人，聽弟弟講。後來，廟裡的跛子師傅也經常來向弟弟請教一些知識，這時弟弟眼睛裡就會放出一種精銳的光，這種光只有在那種自信滿滿的成功人士眼中才可以看到。弟弟以前的眼神總是那麼謙卑，一和人對視就躲躲閃閃。

鍾馗沒有把那次爭論給他帶來的難堪放在心上，他還經常來。經過那次爭論，弟弟和他在一起小心了起來，他們都努力尋找共同的話題。鍾馗一來，衛星、花生、大頭鬼這些人前前後後就來了。鍾馗師傅，他們說。他們有的人上次見過鍾馗的尷尬，還是對他一樣的尊敬。

慢慢地弟弟發現，只要鍾馗在，那些買刀子的生意一般都能做成。鍾馗不在，有時冒冒失失進來幾個人，看看刀子，大多拔腿而走。弟弟產生一種感覺，覺得鍾馗就像閻羅殿裡真的鍾馗一樣，他一在，就把各種惡鬼鎮壓住了。鍾馗還給弟弟帶來另一種好處，人們找他看過風水，大多會謝土，鍾馗就指點人們來店裡請尊菩薩，或至少買些香燭。

一天天過去，小店的生意漸漸好了些。經常看見一些衣著和弟弟同樣樸素的人待在店裡，大多是四十開外的女人，其中以老太太居多。弟弟和她們輕聲慢語地交流，有時給她們朗讀佛經。一群人安靜圍在弟弟周圍，我不由想起徐悲鴻畫的那幅

〈達摩講經圖〉。這些人請的大多是觀音，有的已經在店裡看過幾個來回，每次總要問一下自己心儀的那尊的價錢，然後選個日子請走。此後，她們會隔段時間請香，請燭，有些慢慢地會配齊香筒、燭簽、香爐這些器物，有的還要蓮花燈、佛龕。

也有些衣著光鮮，白臉塗著紅唇的女人或戴著金項鏈的男人來請財神，他們大多是鎮上的生意人。

我希望小店裡出現一些年輕漂亮的姑娘，讓弟弟感覺到生活的另一種美好。可每次見到的總是一些至少年近四十的老女人，還有那些混混。

3

逐漸地鎮上信仰佛教的人越來越多。

信仰像呵欠那樣傳染，一有人信開，更多的人就會漸漸加入。這大概是人們怕別人信了自己沒信會吃虧，萬一佛爺靈驗呢？就像人們看到有人在房子外邊堆了一捆柴，或者在院子外面挖了一個廁所，馬上其他人會跟著行動，他們認為這樣的便宜不占白不占，於是很多村子的路邊堆滿了柴草、紙箱子、酒瓶子、爛磚頭。許多村子裡人家的廁所在房子外邊，還掛著把鎖子。他們不管自家上廁所方便不方便，不管街上臭氣熏天，而且還害怕別人隨便用他們的廁所，占了他們的便宜。那些怕吃虧的人請了觀音，覺得不夠，有餘錢，又請如來、彌勒，害怕還不夠，又請財神、太上老君，他們覺得家裡的神越多越

好，這個不靈或許那個靈。請了神佛，他們又買香、紙、燭，害怕不供奉，神佛生氣怪罪。

弟弟的生意越來越好，已能在維持開銷之外，有一筆結餘。他每個月進貨的時候，不帶那把黑乎乎的裁紙刀了，帶什麼，看不到。從他的神色上，知道他一定還帶著刀子。那一定是一把特別小又特別鋒利的刀子，它會在弟弟需要的時候，很容易地拿出來，鋒利地切下對方的一根手指，或插進對方胸口。

弟弟進的佛像越來越大，最大的一尊坐在那裡幾乎有我一半高，眼睛比我的都大。因為有些人買了小佛像，心裡感覺不踏實，又來買大的，他們覺得大的比小的靈驗些。與此相比，他進的刀子反而越來越小，有的小得像一尾魚，握在手裡根本看不到。以前用作招牌的那把刀子早已摘下了，所有的刀子擺在一個櫃檯裡。買刀子的那些人越來越喜歡小刀子，他們喜歡把刀子握在手裡，藏在口袋裡，或隨便掖在身上某個不容易被人發現的地方。

一天早上，村裡放羊的在村外的河灘上發現一具屍體。那具屍體緊趴在地上，幾乎半個腦袋陷入滿是鹽鹼的地裡，身上的衣服七零八落，有幾處刀痕。

弟弟聽到這個消息，馬上來找我。他說話的時候驚恐不安，嘴唇哆哆嗦嗦，一句話說得結結巴巴。他說，村外有人被殺了，凶器會不會是我賣的刀子呢？我吃了一驚，盼望殺人的刀子不是從弟弟這兒買的。為了放心，我和弟弟一起跑到河

灘。那個人周圍被拉起了一圈繩子，幾個穿著警服的人在裡面忙活。我們踮起腳尖看了半天，也沒有看清那個人身上的刀痕是怎麼回事。

我安慰弟弟說，你賣的刀子都是沒有開刃的。

弟弟回答，萬一他回去自己磨快了呢？說著他手裡一晃，出現一把閃亮的刀子。

我接過來打開，鋒利的刀刃在陽光下閃著一團白光，像刀鋒上有磁鐵，把太陽吸引了過來。

你自己磨的？

嗯。

我說，首先凶手買的不一定是你的刀子，說不定還是用菜刀呢！再說，誰能證明他從你這兒買的刀子？

弟弟的臉一下變得蒼白。他說，我賣刀子的時候鍾馗一般都在場。他接著說，我馬上去找鍾馗。

弟弟匆匆忙忙走了，他灰色的影子塵埃一樣消失在我的視線裡。我不知道萬一凶手是從弟弟這兒買的刀子，弟弟會承擔什麼樣的罪責。有些心神不安。

不知道鍾馗怎樣答應的弟弟？那段時間鍾馗來了店裡，弟弟對他好得有些過頭。他坐著的話，一看見鍾馗來了馬上就站起來，還會用袖子把坐了半天的凳子擦一下，讓給鍾馗。無論鍾馗說什麼，他一律點頭說是，還左一口、右一口鍾馗大師，附和著。我看到弟弟的樣子驚訝極了。弟弟說，第一次稱呼鍾

馗為大師的時候，感覺臉紅說不出口來，慢慢地就熟練了，像說個笑話一樣。弟弟說這話時一臉輕鬆，看不出任何心理負擔。

弟弟一人在店裡時，不讀佛經了。他買了一堆蘿蔔，用一把把刀子在蘿蔔上刺出各式各樣的痕跡。他想判斷屍體上的刀痕到底是不是自己這兒賣的刀子劃的。他一天天這樣徒勞地試著。那段時間，我們家吃的菜基本都是蘿蔔，醃蘿蔔、涼拌蘿蔔絲、燉蘿蔔、蒸蘿蔔條。弟弟不吃葷之後，我們的菜譜本來就夠簡單了，現在又每天吃蘿蔔，吃得反胃。

後來，案子破了沒有，我們不知道。只知道亡者是個外地人，好久沒有人來領屍體。反正慢慢沒有人談它了。

幾年之後，鎮上許多人家裡有了觀音。還有的做了佛堂，供奉更多的神佛。店鋪大多都供上了財神。

弟弟生意的好轉引來了別人家的覬覦，有幾家雜貨店賣起了香燭，兩家服裝店裡面也擺上了佛像，和性感的內褲、乳罩擺在一起，旁邊是花花綠綠的衣褲、拖鞋。更有一個傢伙，在破敗的奶奶廟門前用床搭起了一個攤位，上面擺著土地、觀音、太上老君和各種佛像，香燭黃紙，還有幾把刀子，完全是照搬弟弟的店。只是他剛起步，本金薄，所有的東西都是小號的，擺在外面罩著土，看起來灰濛濛的。他流著鼻涕，搓著雙手，腳凍得不住地跺來跺去。

弟弟的生意受到了一些影響，但沒有事先想的大。那些人不讀書，枯燥的佛經哪裡能看得進去？他們不能給顧客講解各

種神佛的職責，也講不來佛經上那些拗口句子的意思。更沒有鍾馗來和他們切磋，給他們介紹生意。

那一段時期，小店裡站滿了神色肅穆的女人，總是以弟弟為圓心，扇子似的展開。如果弟弟點一下頭，馬上好幾個人跟著他點頭；弟弟皺眉，好幾個人也跟著他皺眉。

弟弟的目光帶著溫度一般，給這些風華不在的女人們鍍上了一層晚霞一樣的光。

信仰方面的權威讓弟弟有了一種神奇的力量。

甚至我們村那位年事已高的村主任，在決定村裡的幾件大事前，都來徵求弟弟的意見。這種待遇，我們家以前從來沒有享受過。

那些買刀子的人，對弟弟也彷彿像對鍾馗那樣尊敬了起來。他們進了店不再像以前那樣大大咧咧、咋咋呼呼，讓弟弟取刀子時非常客氣，有時居然用「請」這樣的詞。

有些人拿上刀子會馬上離開，有些卻翻來覆去挑好久。弟弟從來沒有不耐煩，他把一把把刀子遞上來，放下去，再拿上來。那些人挑好刀子，鍾馗會代弟弟把他們送出門。這是不知道什麼時候他們達成的默契，弟弟幫助他們挑刀子，鍾馗送他們走，彷彿裡面大有深意。時間久了，弟弟發現，店裡其他人多，這些人挑刀子就慢，慢到其他人都走了，只剩下他和鍾馗。店裡沒有其他人，他們挑得就快，甚至隨手指一把，拿上就付錢。

4

我們鎮四周的山上忽然發現了鐵礦，許多外地人一下湧了過來。半夜時分，經常聽到載著音箱的摩托車唱著流行歌從街上駛過，間或有年輕女子的嬌笑。有時聽到喝醉了酒的外地人在街上大哭。他們的聲音渾濁不堪，帶著酒氣，讓整個鎮子的夜發酵一樣，不安，喧囂。108 國道上滿是拉礦粉的大車。臉白膚嫩、走路一扭一擺的姑娘忽然就盛開在了路邊的飯店裡。

有一天，一位二十多年前被賣到我們村，孩子都在武漢上大學的四川女人忽然不見了。與她一起消失的，是住在她院裡的一位技術工人。她這件事只被議論了幾天，就過去了。沒多久，她丈夫忽然雇了許多人，拆了以前的舊房子，起新房。村裡人繼續把自己多餘的房子租給外邊來的人，沒有一個人以她的事為戒。村裡多了許多山南海北的人。

村子北邊靠近集體墳場有塊地，布滿幾道大溝，耕種不方便，幾十年來只是一些梨樹、杏樹，任其開花落葉，春天秋天煞是好看。一位老闆看中了那幾道溝，包了下來。一座藍色的廠房一下子從遙遠的半山坡搬到了村子附近。從那之後，廠房不斷從山上走下來。

村裡的帳務上一下出現了多年來沒有見過的一大筆錢，誰也不知道該怎麼花，誰也想從中間得到點兒好處。

於是每天開會。村民大會、村民代表大會、黨員會、村委

會、支部會，一個會接另一個會。以往對村裡的公共事務一點兒也不關心的人，現在也熱衷於開會。甚至會議結束之後，他們還像那些吸在人身上的螞蟥，不願意離開，繼續發表自己的看法。

鐵礦也給弟弟帶來了好處，礦老闆們喜歡大的關公、財神。弟弟把一尊尊瓷的、銅的關公、財神裝在紙板箱裡，裡面襯上泡沫塑膠，外面用木架框住，運回來。它們站在店裡，像一個個肅穆的真人。

忽然有一天，村邊的公路陷了下去，出現一個長七八公尺的大坑。在此之前，那些拉礦粉的大車已經把公路搗得坑坑窪窪，到處都是裂縫。這個大坑一下把那些拉礦粉的車攔住了。那天，那些被道路阻斷的大車司機湧到了鎮上，中午時分，每一個飯店裡都擠滿了人，划拳聲、吵鬧聲震耳欲聾，吵得住在屋簷裡的麻雀不敢回窩，在天空亂飛，像一片片灰色的網。整個鎮子都被濃濃的酒氣包圍。

交通局、公路段的人都趕了過來，開會，做計劃，報項目。弄好這個大坑，最少得需要半個月時間。

傍晚時分，幾個老闆找到了村主任，把一摞鈔票放在他面前，讓他想辦法在天亮之前把大坑填平。

村主任在大喇叭裡做動員，廣大村民請注意，帶上工具去公路上填坑，出一個勞力一晚上二百元，出一輛車……

村裡許久沒有見過的合作勞動的場面出現了。男人、女人都跑了出來。人們開上推土機、三輪車，推著小平車，拿著鐵鍬、

籮筐，一齊湧出來。我從來沒有想到村子裡有這麼多的人。推土機直接開到路邊地裡，把青色玉米稈和土一起挖了出來，裝到車上。有人抱著石頭，有人從河床裡裝上沙子，一起往坑裡填。

村主任搞了一個錄音機，裡面不停地播放《咱們工人有力量》、《團結就是力量》這類的歌。村裡的人儘管不是工人，聽著這些歌還是很帶勁。

半夜時分，村主任安排人送來了夜宵。熱騰騰的麵條，香噴噴的餃子。有人唱起了「社會主義好，社會主義好」，馬上有人緊跟著唱「共產黨好，共產黨好，共產黨是人民的好領導」。

天亮時，那個巨大的坑被填滿了。還在最上面鋪了一層石頭，裡面灌了沙子、石灰、土組成的三合土，在縫隙裡澆了些水泥糊糊。又把推土機、三輪車開上去壓了一遍，全村的人排著隊在上面踩了十來分鐘。然後大家打著呵欠往家裡走。

弟弟一個人落在人群後面，尋找哪裡不結實。他擔心大車走過來一下把路壓塌，反反覆覆在這條新修好的路上走。

忽然看見一個穿白衣服的女孩從車隊的長龍裡鑽出來，她像在閉著眼睛走路，根本沒有看見前面修好的路，順著斜坡走向公路下邊被挖得亂七八糟的莊稼地。弟弟以為自己累了一晚上，看花了眼。他繼續機械地走著。猛地傳來一聲尖叫，弟弟醒了似的奔向發出聲音的地方。女孩掉在一個大坑裡，屁股坐在地上，雙手捂著腳，繼續發出驚恐而疼痛的尖叫。這時，路上的大車發出一陣陣興奮的喇叭聲，車輛開始了流動。

弟弟趴在坑邊伸出手，女孩試著站了一下，又疼得一屁股坐在地上。弟弟沒有猶豫，跳下坑裡。女孩仰起頭，弟弟看到一張蒼白又漂亮的臉。他慌亂得不知道該怎麼辦，伸出手想扶她起來，又不知道手往哪兒扶，趕緊縮回去。女孩呀地叫了一聲！弟弟顧不得多想了，拉住她的手臂。女孩腳一用力，又叫了起來。弟弟馬上有了主意，他伏下身子，板凳一樣蹲在女孩面前。女孩把雙手搭在他肩膀上，女孩軟軟的胸脯時不時碰弟弟幾下，弟弟如僵死一般不敢亂動，兩個人慢慢站了起來。弟弟出了一身大汗。

　　仰頭望，離地面還有一段距離。女孩的香氣一陣陣地傳到弟弟鼻子裡，弟弟從來沒有見過這麼香的女人。這種香味不同於弟弟常聞的那種點的香，它像小爪子一樣把弟弟深藏在心底的欲念勾了出來。弟弟扶著女孩靠在牆上，狗一樣開始拚命刨土，搬石頭。很快弟弟建起了一道斜坡，他扶著女孩走上去，她的雙臂能夠著坑口了，弟弟用勁一托，女孩爬了上來。

　　這時，整個鎮子陷入昏睡中。弟弟脫下外衣，站到公路中央，拚命揮舞，攔了一輛計程車，載著女孩去了縣裡的醫院。

　　掛號，拍片，女孩左腳骨折，需要住院。弟弟和女孩帶的錢都不夠。弟弟站在住院部門口，先是哀求醫生讓女孩先住院，他去取錢。被拒絕後，他開始破口大罵醫院不講人道。發覺沒人理他時，他掏出了刀子，在收費處的玻璃上用勁劃下去。玻璃發出刺耳的聲音，裡面的醫生尖叫。保安過來拖走了

弟弟。弟弟瘋了似的，在縣城的大街上瘋狂地尋找熟人，人們看見他手裡握著刀子，紛紛退讓。後來，好不容易遇到我們村嫁到縣裡的一個女人，借了一千元錢。

就在女孩住進醫院的第二天，村裡 80% 的村民達成了一致意見，把村裡帳上的錢用來修奶奶廟。

決定好了之後，馬上成立理事組。弟弟差點被選入，因年齡小，在最後一輪投票時比前面那位少了一票。

5

弟弟開始買排骨，買烏雞，讓媽媽燉成湯。每天傍晚，早早關了店門，騎上摩托往醫院趕。有時媽媽忙，他居然親自動手熬湯。看著他把帶著血絲的雞塊、排骨放進鍋裡，根本不會相信他是個不吃葷的人。為了保證味道好，他還每次舀上一勺，嚐嚐濃淡。

每天出發前，弟弟把臉洗乾淨，刷了牙，還在口袋裡裝上一把小梳子。一天他從醫院回來之後，腳上穿著一雙嶄新的皮鞋。又過了一天，穿回一件黑色的立領皮夾克。

他說女孩說他脖子長，穿上立領衣服好看。我們看到弟弟這些變化，暗自高興。

白天在店裡，弟弟不像以前那樣總捧著一本佛經了，他經常拿著一本笑話書或講鬼故事的書，因為女孩喜歡聽笑話和鬼故事。

大約過了二十多天，弟弟忽然穿回一件紅色的立領毛衣。他說女孩每天待在醫院沒事幹，為了感謝弟弟，給他織的。望著那一針一針織出來的毛衣，我忽然覺得弟弟好幸福。

　　弟弟為了展現自己的幸福，在冷颼颼的店裡故意把外邊的夾克脫了，露出他的紅毛衣。幾個老太太看見，問弟弟，搞對象了？弟弟笑瞇瞇點頭。

　　一個多月後，女孩的腳好了。她提了兩瓶酒、一袋子水果，還有鮮奶、糕點到我們家裡感謝弟弟。她穿著白恤，白褲子，白風衣，說著一口漂亮的普通話，模樣周正極了。我們都對她挺滿意，覺得弟弟能娶上這樣一個媳婦，是福氣。

　　女孩和弟弟一起去了店裡之後，媽媽開始包餃子，炸油糕，準備午飯。

　　到了飯點兒，遲遲不見弟弟回來。我跑去叫他。弟弟一個人氣惱地用刀子削廢紙板，地上已經亂七八糟一堆紙片，他手上還有一道帶血的口子。

　　我不明白發生了什麼事，問，那個誰呢？

　　弟弟把刀子往地下一扔，說，我不餓。

　　那天，我勸了半天，弟弟也沒有回家吃飯。

　　後來我才知道，那個女孩跟著弟弟去了店裡，弟弟還開心地買了些瓜子、話梅、糖果。女孩幫弟弟把店裡所有的東西都擦了一遍，最後抱著一尊雪白的瓷觀音捨不得放下來。弟弟望著女孩說，你真像！

像啥？

觀音菩薩。弟弟回答。

女孩重重地嘆了口氣，把觀音放下。

這時，大頭鬼和衛星來了。他們看見女孩，愣了一下。然後大頭鬼鬼鬼祟祟捅了衛星一下，說，白牡丹！衛星走到女孩跟前，捏了捏她的屁股說，白牡丹，這段時間去哪兒逍遙快活去了？

女孩的臉一下變得刷白，白到嘴唇時那兒薄得像一層白紙，她額頭上的一根青筋凸了起來，她想說什麼，卻什麼也沒有說，眼睛現出死灰色。拔腿跑出去。

弟弟趕忙追了出去，呼喊女孩。

女孩哭著說，你不要管我！

弟弟往前追著跑了幾步，女孩繼續往前跑，使勁大喊著別管我！她的聲音像有魔力似的，路上的人們都停下來驚詫地望著弟弟。弟弟一下洩了氣，抱著一根電線杆，頭抵在上面軟軟地滑了下去。

從此之後，弟弟再也不像以前那樣認真地讀書唸經照看小店了。他經常捧著書，半天也讀不進一頁，望著屋外發呆。一有女人走過來的聲音，就緊張地站起來，看見不是那個女孩，就煩躁地在店裡走來走去，然後去上廁所，有時連十分鐘也不到，就上兩趟廁所。

人們買東西時，他沒有以前的那種耐心了，別人挑上幾次

他就不耐煩。要是人家講價，他就生氣。有一次，弟弟居然和一位顧客大吵起來。那位顧客請了一尊觀音，回去之後發現底座上掉了一小塊瓷片。她拿回來要求弟弟幫他換一個。以前碰上這種事，弟弟總是笑呵呵地說，沒問題！那天卻堅持不換，向顧客要證明，證明觀音是在買以前磕的，不是買上次家的路上或回了家之後磕的。那位請觀音的是個烈性子的生意人，沒想到弟弟會這樣不講情面。她舉起觀音賭誓說，誰把它磕了的誰不得好死！然後狠狠摔在地上。

那個女人回去之後，把自家店裡以前賣的所有東西全部盤了出去，房屋裝修一新，進回滿滿一屋子如來、觀音、關公、財神等佛像。弟弟有的她都有，弟弟沒有的她也有，包括藏傳佛教裡的歡喜佛、大黑天、綠度母等等。

她進的貨晚，都是最新的工藝，款式新穎，色彩鮮豔，釉色發亮。從她的鋪子出來進了弟弟的店裡，好像從現在的社會返回了以前的時代。弟弟店裡也有新貨，但幾年下來，每次都有積壓的舊貨，舊貨越來越多，那些新品種擺在舊貨中，像春天嫩綠的樹葉長在秋天的大樹上，看起來非常不起眼。

女人這還不夠，只要是和弟弟一樣的貨，她一律賣得價錢比弟弟的低。她不唸佛，不讀書，也不信佛教，生意卻熱熱鬧鬧做了起來。

這時，奶奶廟以一種不可思議的速度在修復，甚至遠遠超過了以前的規模。期間，理事會的人在鎮上挨家挨戶募捐了兩

次。人們表現出非同尋常的熱情和慷慨，一百、五十、十元，總要表示自己的意思。有三個礦老闆，每人捐了十萬。

與此同時，鎮子周圍到處在建天藍色的廠房，天空像被撕成小塊種植在地裡。

弟弟手裡總是捧著女孩喜歡的那尊觀音，用一塊棉布細細地擦她。那尊觀音也許是被他撫摸得太多了，比其他觀音更加晶瑩剔透，泛著一層聖潔的光。

少了顧客的光顧，小店很快黯淡了下來。玻璃總是灰濛濛的，牆壁上到處是星星點點的蒼蠅屎，那些貨架上的佛像不管怎樣擦洗，都散發出一種憂鬱的色彩。只有鍾馗還經常來，他一來，會有幾個買刀子的來。弟弟的刀子越來越少，他卻懶得去進貨。

有一天，鍾馗來了之後，衛星和大頭鬼也來了。這是那件事情之後，衛星和大頭鬼第一次一起來店裡。不知道他們是意識到了什麼，還是這段時間各自有事？弟弟一看見他們，身子憤怒地不由自主地抖了起來。大頭鬼要弟弟遞一把刀子，弟弟埋下身子手伸進櫃檯，裡面只剩下稀稀拉拉幾把，弟弟卻抖得不能夠拿起大頭鬼要的那把刀子。

這時，衛星伸手去夠一個木魚，以往他對這些東西從來不感興趣，這天不知道抽哪股筋，一不小心把弟弟放在櫃檯上的那尊白觀音觸到了地上。

弟弟聽到聲音，看見地上的碎瓷片，眼睛忽然紅了。

他猛地握住了那把刀子，直起身來，指著他們大聲吼，滾！

衛星和大頭鬼都愣住了！

鍾馗聽見吵鬧走過來微笑著衝弟弟說，打碎什麼東西讓他們賠。

弟弟把刀子轉向鍾馗，大聲衝他喊，我讓你們滾，你們聽不見？

鍾馗的臉一下漲得紫紅，拍了一下櫃檯就走了。

大頭鬼的臉黑了。他一字一頓說，白 —— 牡 —— 丹 —— 是 —— 個 —— 婊 —— 子！

他說完，衛星又一字一頓重複說，白 —— 牡 —— 丹 —— 是 —— 個 —— 婊 —— 子！水 —— 很 —— 大！說完狠狠地朝弟弟豎了一個中指。

弟弟抱住頭哇一下哭了。他邊哭邊用雙手使勁扒拉那些碎瓷片，想把它們歸攏在一起，他的手劃破了，血抹得臉上都是。

第二天，弟弟把櫃檯裡的那些刀子都收起來，裝進一個黑塑膠袋，扔在牆角。

6

弟弟的生意更加蕭條了。他經常半上午就關了門，跑到公路上一家飯店挨著一家飯店問，你們見過白牡丹嗎？

有的老闆買過弟弟的財神，看見他問這個女子，十分奇

怪。問，哪個白牡丹？

　　弟弟詳細地把她的樣子描述一遍，臉十分白，喜歡穿白衣服……

　　老闆看著弟弟的臉色，小心翼翼地回答，好像幾個月前見過這個漂亮姑娘，現在不知道去哪兒了。

　　弟弟於是滿懷希望地問另一家，見過白牡丹嗎？

　　哦，那個婊子，不知道跌哪兒去了！

　　這時弟弟就會痛苦地攢緊拳頭，問下一家。

　　有時問到的是個年輕的服務員，她回話，白姐姐嘛，好久沒見了。

　　弟弟把路上的三百多家飯店問遍，大多數人幾乎都知道白牡丹，卻沒有一個人知道她現在去了哪裡。弟弟明白了白牡丹確如大頭鬼他們說的那樣，可是他不願意相信，他想找到白牡丹讓她親口對他說，他們說的不是真的。

　　弟弟又一個一個問那些停在飯店門口的大車司機，你們見過白牡丹嗎？

　　這次弟弟受到的侮辱更甚，有的司機直接就和弟弟描述與白牡丹在一起搞的細節，說得甚至流起了口水。

　　弟弟臉色蒼白，但每次他都要堅持聽完，然後又去找下一個人問。

　　人們這樣說白牡丹，不僅絲毫沒有打消弟弟對白牡丹的愛，還激發了他的一種強烈責任感。他想起她掉在坑裡時那恐

懼絕望的聲音和蒼白的臉，她在醫院裡一次次對他說，你老實，善良，和別的男人不一樣。別的男人見了女人都動歪腦筋，你卻……女孩握著他的手，一遍一遍回憶在那個大坑裡，弟弟怎樣想幫她，卻一副窘相不知道該怎麼辦。不敢扶她，不敢托她的屁股，狗一樣去拚命刨土，挖石頭。弟弟覺得自己就是命中拯救白牡丹的那個人。他想找到她，和她結婚。

弟弟費盡了辛苦，只聽到白牡丹越來越多的風流事，卻打聽不到她去了哪裡。他變得神情恍惚，眼睛血紅，晚上整夜睡不著覺。有時半夜起來，在村外徘徊。當初白牡丹掉進的那個坑找不到了，村子外邊到處都是天藍色的廠房，連莊稼地也沒了。有時他整夜在公路上奔走，試圖攔住那些大車，問一下司機白牡丹在哪裡。幾乎沒有一個司機停，都覺得他是神經病。弟弟經常在公路上走著忽然腳步就謹慎起來，他說感覺自己走在一張滿是皺紋的老人的臉上，害怕把它踩出一個洞。

我們看到弟弟這樣，很是擔憂。

白牡丹消失之後，媽媽慢慢知道了她是個什麼人，說啥也不同意弟弟和她來往。後來漸漸認了命，她現在願意弟弟和白牡丹結婚，只要他變得正正常常的。她託人打聽了許久，也沒有那個女孩的半點消息。我們預感到，弟弟再也見不到白牡丹了，不知道拿他怎麼辦好。

有一天媽媽告訴弟弟，那家佛像店也賣刀子了。弟弟沉浸在自己的世界裡，沒有半點反應，像根本沒有聽見。

媽媽嘆口氣，跪在觀音菩薩面前，默默流淚。

很快，鍾馗出現在新開的那家佛像店了。衛星、花生、大頭鬼他們這些流裡流氣的傢伙也開始出現在那裡。

幾天之後，警察突然光臨此店，抓了鍾馗和正在交易毒品的衛星。那個店也被封了起來。

衛星的大鼻子奶奶跑到弟弟店裡，劈頭蓋臉地罵起弟弟來。她罵弟弟是漢奸、叛徒、神經病、沒頭鬼。她把臉湊到弟弟面前，大鼻子幾乎抵住弟弟的臉，唾沫星子噴得弟弟滿臉都是。她忘了自己虔誠地信佛，弟弟曾經一字一句地給她講解佛經。

弟弟臉色刷白，坐在那兒不停地搖頭，一句話也不說。

人們傳說是弟弟告的密，很久之前，鍾馗就在弟弟店裡賣毒品。

七八天後的一個晚上，弟弟的店裡忽然衝出一陣火光。周圍的鄰居發現弟弟的小店著火了，趕忙打120、拍門喊弟弟，裡面只有火劈里啪啦的聲音，沒有弟弟的半點動靜。

人們圍在外邊，一桶一桶的水澆上去。上百年的老屋子，木材早已乾透，那點水根本不管用。等消防車趕來時，房子只剩下一個空架子，高壓水槍沖上去，轟隆一下倒下了。

弟弟回來時，消防車已經走了，廢墟上冒著嗆人的熱氣和香的味兒。媽媽一看見他，抱住就大哭起來，慶幸他不在裡面，沒被燒死。爸爸問他去哪兒了？弟弟沒有回答，他紅著眼睛衝進廢墟，大聲喊著，把它們弄走，把它們通通弄走！人們

趕緊把他拉出來。

弟弟拚命地朝廢墟擺手，彷彿想把什麼東西甩掉似的，哭著大喊，我根本不想賣這些玩意兒！我第一次進貨，一進鋪子，後面就傳來東西掉到地上的聲音。那個人拿著刀子逼我買他的佛像，他拿著我的刀子啊！弟弟號啕大哭起來。他從來沒有哭得這樣憋屈，這樣傷心，又這樣痛快！

鄰居們推來幾輛平車，還有一位開來三輪車，一鍬鍬破瓷片被鏟進車裡。露出牆角的一堆東西，那是弟弟裝在塑膠袋裡的刀子。它們融化成了一團，像正在交媾的蛇。

關於弟弟小店著火的原因，基本有兩個說法，一種說弟弟發神經不想開這個店了，自己放了一把火；一種說弟弟告發了鍾馗賣毒品，被吸毒的人報復了。

弟弟對這兩種說法都不置可否。

事件過了一星期後，弟弟臉色蒼白地出現在黑色的廢墟上。他像柱子一樣站在那兒，立了許久。兩隻麻雀飛過來，在廢墟一角打鬧。弟弟忽然像被驚醒了似的，猛地撲向那兩隻麻雀，趕走它們，自己瘋狂地幹了起來。他不知疲倦地幹啊幹啊，從早上幹到中午也沒有休息，叫他吃飯時，他也不吃。我和爸爸去幫忙，他凶神惡煞般地朝我們喊，不用你們管！一直到天黑之後，他才跟跟蹌蹌地往家裡走，累得彷彿隨時要倒在地上。三天時間，他把一堆廢墟處理乾淨了。然後，他處理燒焦的地面。天寒地凍，鐵鍬和洋鎬落在地上只留一道不易覺察

的痕跡，弟弟換一把鑿子，像螞蟻一樣趴在上面啃著冰冷的大地。一點一點把所有燒焦的地面都弄得乾乾淨淨，然後又從遠處的山崖上弄來土，一點一點墊那些低下去的地方。人們不理解地問，春天來了不能幹？弟弟不聲不響，繼續填土，夯實。

一直到了春天，一塊嶄新的地基出現在我們面前，誰也看不出這塊地基上面的屋子被大火燒過，人們甚至已經淡忘了這塊地基曾經被傷害過。弟弟請來一些工匠，在這塊乾淨得像從來沒有使用過的地基上重建屋子。

在奶奶廟舉行竣工剪綵的那天，弟弟的屋子也建好了。他請來工匠刷牆壁，割貨架。空氣中到處瀰漫著木板、刨木花、木屑的清香，弟弟發覺木頭越是細小越香，它們穿過塗料那濃厚沉重的味道，清新而讓人沉醉。

然後弟弟開始漆貨架，他一個人仔細地漆，漆了好幾天，貨架都變成了純白色。

幾天之後，弟弟去進貨，他穿著紅毛衣、黑色皮夾克，在這已經曛暖的日子裡，有些誇張，有些熱。

弟弟帶回一大堆東西，打開之後，全是白色的。白色的百合、菊花、牡丹、手袋、床單、珍珠、裙子、背心、襪子、瓷娃娃，白色封面的書籍，白色的茶杯、茶壺……弟弟用白色的東西擺滿了白色的貨架，白色的屋子裡一片雪白、銀白、鈦白。

弟弟把一塊白色的木板掛在門楣上，上面寫著「白色」兩個大字。

山中客棧

　　我和阿丁離開 Y 景區之後，我們的車沿著一條舊國道飛馳而下，路兩邊高大的白楊樹葉子上閃爍著暖暖的陽光，像綴滿了金色的飾物。我們還在回味那美麗壯觀的景色，都說以後要約更多的朋友來這兒玩，帶上妻子和孩子們一起來。還住在無香客棧。

　　這次來 Y 景區玩，阿丁和我住在無香客棧。無香客棧所有裝飾用的東西都就地取材，幾塊木頭上面架一個磨盤就是餐桌，碌磚上面擺著山上挖來的蘭花，青翠欲滴，青石鋪的地板磨出了人的腳印，看起來處處隨意節儉，但無不自然妥帖。客棧的那個女老闆，我只見過兩三次，有一次還只是看到她的背影與一截白皙的脖子，但客棧和老闆都給我留下了非常深刻的印象。

　　忽然，我發現阿丁不再說話，他握方向盤的兩隻手關節發白，順著他的手臂看到他臉色蒼白，腳緊緊踩在剎車上。我明白剎車失靈了！這可是在山上啊！我沉浸在自然中的心狂跳了起來。

　　車尖叫著把一座座山頭拋在後面，相隔不遠的高速路上不斷有車飛駛而過，我看見路邊出現了農田，兩三個農民在地裡鋤田，一條野狗從路上狂奔而過，偶爾有一輛車迎著我們慢騰騰往山上爬。忽然前面出現了一個三岔路，我擔心有車橫著出現。眨眼間車滑到了三岔路那兒，然後阿丁方向盤往右邊一

打，右面出現一個大坡，車爬上那個大坡之後，緩緩停住了。

我們兩個下了車，腿一軟都坐在了地上。

好久兩人才喘過氣來。我佩服地問阿丁他剛才為什麼不向左打方向盤，而是向右，就恰巧碰上了大坡。阿丁說他多年前來過這裡，叫三行路，那時 Y 景區還沒有開發，這裡卻非常熱鬧。

我看見路兩邊都是年久失修的飯店、旅店、修車鋪，房前屋後長滿了叫不出名字的青草和蒿子，幾隻野貓扭著身體纏打在一起，一晃消失在一間屋頂塌陷的房子裡。我們向前走去，看見每一家店鋪上面都寫著「出租」、「轉手」這樣的大字，已經模糊不清，顯然好久沒有人在這裡生活了。我們停好車，去了附近一個鎮上。

正是上午十點多，這個鎮子卻非常安靜。我們順著一條巷子往前走，大概走了七八分鐘，眼前出現了一條街道，然後見到了人。我們問哪裡有修車的？有人用手指了一下東邊。這裡居然賣什麼東西的都有，但人們顯得無精打采，一堆一堆人坐在一起打撲克，下棋，聊天。

忽然有人喊，殺了他！

我們大吃一驚，循著聲音看見一個臉上滿是黑色汙垢的女人手裡拿著一柄木頭寶劍，嘴裡不停地喊著「殺了他」，朝西邊走去。

我們在一條水渠邊找到了修車鋪，裡面卻空無一人。

我喊有人嗎？看見門口一團五光十色的灰塵在慢慢飛舞。

一個光頭手裡拿著一個「炮」走了進來。

我們說剎車失靈了，讓他幫著修一修。他拿了工具，跟上我們走。一位雙眼渾濁的老頭馬上也跟了上來。

我們拐進巷子的時候，又看見了那個瘋女人，她喊，殺了他！

光頭師傅看見我們臉上奇怪的表情，馬上說，她是一個瘋子。

光頭給我們修車的時候，那位老頭百無聊賴地數過往的車輛。這條路上的車確實不多，我想起我們剛才從山上衝下來的時候，也沒有遇到多少車。

光頭擰好最後一個螺絲，問我們從哪裡來？

我們說從 Y 景區下來。

老頭的眼睛一下亮了。他問，你們見無香客棧了嗎？

我一下想起那個神祕的女老闆，點點頭說，我們就住在那裡。

你們見幽蘭了嗎？老頭問。

出於好奇，我和阿丁開著車拉著光頭和老頭又回到了鎮上。

1

這是幽蘭以前住過的屋子。老頭領著我們進了一個大院，指著幾間屋子說。

一個女人聽見外面有人說話，推開門往外望。老頭揮了揮

手，她把頭縮了回去。

幽蘭嫁到我們這兒時才十九歲。帶著一頭騾子做嫁妝。那時山裡的女人都想嫁到平川，而平川條件好的男人卻不願意娶山裡的女人，二狗又窮脾氣又暴躁，三十多歲還沒有問下對象，媒人一領來幽蘭，他就同意了。

他們結婚之後，下地時那頭騾子走在前面，幽蘭和二狗走在後面，人們誰都想多瞧幽蘭幾眼。要不是雙全這個傢伙，幽蘭和二狗的日子應該會一直好好過下去。

雙全是誰呀？我驚訝地問道。

是個壞東西，已經不在了。老頭笑著，露出幾顆大黃牙。領著我們出了院子又來到街上，一堆堆的人還在下棋，打撲克，時間好像在這兒凝滯不動。老頭捏了一下鼻子，手在衣服口袋裡亂拍，邊拍邊說，菸也沒了。我掏出十元錢給了他。老頭馬上衝進路邊一家鋪子，隨後拿著兩包桂花菸和五元錢出來。他把一包菸和五元錢給我，我示意他都拿上。老頭熟練地撕開一包菸，放在鼻子前嗅嗅，滿意地點著，長長吸了一大口。然後接著說。

雙全看上了幽蘭，想把她搞到手。他開著一家豆腐店，這是個幌子，其實他開著一家地下賭場，弄了很多錢。幽蘭經常去雙全那兒買豆腐，雙全和她熟悉之後，知道她愛打撲克。那個時候人們幾乎都愛打撲克，老頭解釋。我記起我們八十年代徹夜打「拖拉機」。

雙全便經常約上人去她家打撲克。幽蘭剛來了我們這兒悶，一下遇上個這麼熱心的人，她根本不知道他懷著什麼樣的壞心眼。二狗想和雙全拉近關係，也不反對。於是人們經常看見雙全領著三四個人去幽蘭家。雙全為了湊狗人，老的少的男人女人都叫，有時人不夠，他連小學生都叫。

有一天，男人們都出門幹義務工去了。忽然，雙全老婆堵在幽蘭家門口大罵，罵的話難聽死了，全都和生殖器有關係。老頭指了指自己的褲襠。

幽蘭聽到雙全老婆罵她，她趕忙跑出來解釋。可她解釋一句，雙全老婆往前走近一步，最後唾沫星子都噴到她臉上了。幽蘭從來沒有聽過這麼難聽的話，也覺得和這個女人根本解釋不清楚，她躲回屋子裡不理這個女人，以為她罵幾句就走了。可是雙全老婆越罵越來勁，一直罵到太陽落山，才怒氣衝衝地回去。幽蘭羞愧死了，她覺得自己沒臉見人了。

二狗回來聽幽蘭說雙全老婆堵在門口罵她，就跑去豆腐店找那個女人理論。看見雙全正在打老婆，邊打邊喊，老子幹啥用你管？嫌過得不滋潤？雙全的老婆抱著頭躺在做豆腐的灶前，雙全用勁朝她肚子上踢。二狗覺得雙全正在替他教訓這個女人，他的氣消了一大半，去拉雙全。雙全說，二狗，朋友的妻不可欺，這個賤貨說我和你老婆有關係，你相信嗎？二狗的臉一下漲得通紅，他說不相信。

雙全又朝女人肚子上踢了一腳，對二狗說，你有空也可以

來兄弟家玩幾把，沒錢我給你拿上。

　　雙全繼續去幽蘭家打撲克。本來幽蘭被他老婆罵過之後，發誓不讓他來了，可是雙全死皮賴臉地對幽蘭說，她一罵我就不來，讓別人還真以為她說的是真的，咱們又沒幹啥。幽蘭想想是這個道理，她心裡也氣那個女人，便繼續讓雙全帶上人來玩。這時，二狗禁不住誘惑，被雙全這個傢伙勾引得開始賭博。等幽蘭發現二狗經常不回家是紮在賭場裡時，他已經欠下一屁股債。

　　雙全拿著二狗寫下的歪歪扭扭的一張張借條給幽蘭看。幽蘭頓時感覺天塌了下來，她身子一軟坐在地上。雙全撲在她身上解她衣服的時候，幽蘭一個勁兒地哭，她腦子裡想的都是那些借條。雙全撕了一張借條，幽蘭忽然就不哭了。雙全說，你陪我一次，我撕一張。

　　幽蘭發覺自己的肚子大了。她站在門口的鏡子前望著裡面的自己發怔。正好二狗回家，看見她發怔，問她咋了？幽蘭告訴二狗她懷孕了。二狗的臉馬上黑了。他把剛端起的一碗飯猛地摔向在院子裡吃草的騾子，然後一摔門走了。

　　幽蘭生下孩子的滿月裡，二狗照樣不回家，孩子一眼也不看。照看月子的幽蘭娘不斷嘆氣，後悔沒有把幽蘭嫁好。

　　滿月一過，幽蘭娘前腳走，二狗後腳回，然後二狗和孩子都不見了。

　　那些天幽蘭快瘋了。見了周圍每一個人都問，見我的孩子沒

有？人們嘆息地搖搖頭，其實大家都知道，二狗把孩子賣了。鎮上人經常把多餘的孩子賣掉，可這是幽蘭的第一個孩子啊。

老頭說到這裡重重地嘆了口氣。

我眼前出現一個披頭散髮的女人，哭泣著攔住每一個人問，見我的孩子了嗎？

殺了他！

瘋女人突然又出現，她的嗓子已經喊啞，吐出這幾個字的時候嘴角帶著白色的唾沫，看起來顯得更加歇斯底里。

我忽然覺得這個瘋女人應該就是丟了孩子的幽蘭，而怎樣也不可能是無香客棧的老闆。

我望著瘋女人仇恨而呆滯的眼神，茫然揮舞的劍，想著她丟了孩子的痛苦。問，二狗呢？

2

唉！老頭從胸口搓起一團泥，衝著瘋女人消失的方向用勁一彈，說，她其實是個勤快的好女人，像狗一樣給自己護食，像狗一樣認真看家。

殺了他！瘋女人的聲音從旁邊一條巷子裡傳來，更加沙啞。

老頭又點著一根菸說，一個多星期後，二狗回來了，穿著西服，卡著個眼鏡，那怪裡怪氣的樣子讓人難受得看見就想踹他一腳。

我衝阿丁瞥了一眼，偷笑。阿丁拉了拉自己的西服下擺，

又用手指頭扶了扶眼鏡，問，那狗日的還敢回來？

老頭說，幽蘭一見二狗就憤怒地問把孩子弄哪裡了？

二狗仰著腦袋望著天空問誰的孩子？憤怒的幽蘭聲音低了，求二狗把孩子還給她。二狗摸著幽蘭的臉說，你以後給我生一個，生一個我的，我一定每天把他捧在手裡，摟在懷裡，誰也不讓碰一下。那個狗雜種管他作甚？幽蘭痛哭起來，二狗一把拉住她的頭髮把她拖向屋子裡，邊走邊罵幽蘭偷了人還有臉哭，讓她管好自己的褲帶。

說到這裡，老頭的臉色有些陰鬱。他長吸了一口菸，半天才吐出來。

從那之後，幽蘭不再到處問「見我的孩子了嗎」，而是整天不說一句話，看見二狗就低下頭，見了雙全的豆腐店遠遠躲開，兩隻眼睛總是空洞地望著遠處，精神好像出了毛病。人們看到這麼一個水靈靈的姑娘成了這個樣子，都覺得惋惜。

麥收之後，鎮上組織村裡換屆選舉，多少年來都是這樣，誰也沒當回事。沒想到二狗跑到每一戶人家家裡，涎著臉讓人們投他的票。人們對二狗的舉動驚訝極了。選舉的那天，他儘管在村委門口不停地轉來轉去，但根本沒有人投他的票。

剛聽到老頭說二狗拉票我有些擔心，害怕村民把他選上，我儘管有些同情他，但覺得他是個畜生。一聽說沒有人投他票，輕輕吐了口氣。

鎮上幹部一宣布票數，二狗臉當時就陰下來，鄰居們和他

打招呼他也不理，撥開人群就往家裡走。人們覺得他的樣子有些好笑。

快進院子的時候二狗解下腰帶，進了院子看見騾子劈頭蓋臉就打。騾子一叫，在屋子裡發呆的幽蘭尖叫著跑出來。二狗對她說，你不是神經了嗎？不說話了嗎？他扔下腰帶，拿起雞窩跟前的一張鐵鍬，狠狠地劈在騾子腰上。

騾子用勁一蹦，掙脫了韁繩，順著大門奔了出去。

剛從村委散了的人們看見騾子踢翻了路邊賣菜的人的一隻筐子，朝西邊奔去。幽蘭哭著追出來。陽光斜照在路邊店鋪的窗戶上和幽蘭的額頭上，幽蘭的額頭有些發亮，臉部和身子都一片烏黑，彷彿噩運正在一點點吞噬她。她朝著西邊追去，直到消失在騾子掀起的一團團塵土中，人們耳邊還在迴蕩她的哭聲，感覺像鑽石刀在不停地劃一塊大玻璃。村裡一個拾柴的人在幾里遠的地方遇到幽蘭時，差點沒認出她來。她頭髮亂七八糟披散著，鞋掉了一隻，整個人像一個土人。當他認出她來時，她已經不見了。拾柴的人以為她瘋了。

拾柴的人回到鎮上告訴二狗幽蘭從那兒跑過去時，二狗正在一個人喝酒，竟然瞧都不瞧他，只是用鼻子哼了一下。

菸頭已經燒到老頭的手指頭了，他好像還沒有感覺到。我從他手裡把菸頭拿下，老頭馬上又點了一根菸。

第二天早上幽蘭返回鎮上時，人們發現她赤著腳，褲腿撕開一大截，跟跟蹌蹌往前走，好像隨時可能摔倒。人們想她大

概昨天一夜都沒有回。於是許多人驚詫地問，二狗呢？然後又都搖頭。自從昨天選舉完，一直沒看見二狗出來。

有人拍著板凳說，幽蘭歇歇吧！她沒有反應。

有人端著一瓢水追在她後邊說，幽蘭喝口水吧！她沒有反應。

她那失魂落魄的可憐樣子，讓人們覺得不光二狗對不起她，彷彿整個鎮上的人都對不起她。

人們想起她遠在幾十里外大山裡的爹娘，覺得應該告訴他們，由他們來照顧她，可是沒有一個人願意去幹這件事。

她那頭大黑騾子早上跑回去了。一位菜販子說。

這樣她會好受些。馬上有人反應過來。

人們覺得內疚的心踏實了些。

我也感覺好受了些。看阿丁，他擦了擦眼鏡。

可是，幽蘭的壞日子彷彿才開始。老頭一句話把我剛落到肚子裡的心又提了上來。

從那天開始，二狗天天折磨那頭可憐的騾子。除了時不時打它罵它，還給它畫上可笑的貓鬍子，有時給它蒙上眼罩，一整天都不摘下來。有一天幽蘭實在看不下去了，問二狗到底想幹啥？二狗說因為你偷人，全村的人瞧不起我，我才會在換屆中落選，你說呢？幽蘭咬著嘴唇愣了半天，眼睛裡又撲簌掉下淚來。她不知道該怎樣做才能讓二狗當上村幹部。一晚上，她不停地想。

天一亮，幽蘭就去找村支部書記。村支部書記老婆正在倒

尿盆，看見幽蘭問她要幹什麼。幽蘭一句話也說不出來，嘴裡嘟囔了個什麼，就趕快退出來。她罵自己沒用，用腦袋狠狠撞了幾下牆，然後去找村委主任。

從那之後，幽蘭不住地去找村委主任。人們在她背後指指戳戳。

一個月後，二狗當上了治保主任。

操！從來不說髒話的阿丁忍不住罵了一句。我也跟著嘆了口氣，問老頭，這下幽蘭的日子好過了吧？

好過？老頭翻著眼皮問我。

二狗當上治保主任後神氣得不得了，腦袋一發熱，在村裡成立了看田隊和巡邏隊。我們鎮緊挨兩條國道，治安一向比較混亂。村裡人的地離鎮子比較遠，每年一到莊稼快要成熟的時節，就開始丟，有的人倒楣，整整一塊地裡的莊稼被人一晚上就偷完了。所以一到收割的那關鍵幾天，一旦有人開始動手，全村的人馬上跟著收割，誰都害怕自家的莊稼收割遲被偷了，有的人家播種得遲，或者種子日期大，也跟著別人一起收割，結果莊稼弄回家裡還沒熟透。

那成立這兩個隊不是挺好嗎？我和阿丁同時問。

好是好，可是僱人的錢誰出？一來村子裡向來沒有這筆開銷，二來二狗只是個治保主任，說了也不算。

哦，我和阿丁都明白過來。

他的看田隊和巡邏隊成立不久，雙全有一天在街上攔住二

狗向他要債。

老頭一提這個給幽蘭帶來噩運的人，我們就跟著問，結果呢？

二狗那時候認為自己是個人物了，雙全這樣做他覺得純粹是不給他面子，而且他認為幽蘭已經給雙全生了孩子，他欠雙全的債應該一筆勾銷。但因為治保主任的身分，他當時還哈哈笑著說，過幾天給雙全。結果連夜跑到市公安局告了密。

三天後雙全家裡賭博時，被市裡來的警察一鍋端。他們沒有走那個豆腐店，直接從四周的牆壁上翻了進去。雙全戴著手銬被帶出來時，舉起手臂衝圍著看熱鬧的人們說，告訴二狗那個雜種，我不會放過他！

但雙全沒有再出來，他被判了三年刑，最後死在牢裡。

因為啥呢？我問。這時我又為雙全惋惜，覺得二狗不道地。

老頭搖搖頭，沒有回答，而是又接了一根菸。

他說，二狗成立看田隊和巡邏隊後，鎮上的治安一下好多了，那一年的莊稼也長得特別好，每畝地比平時足足能多打百十來斤。人們都說多虧了二狗。可是收割完莊稼，看田隊和巡邏隊要解散，向二狗討工錢時，二狗付不出來。

這個時候，我開始為二狗擔心。他咋辦呢？他是為村裡做事啊！

是為村裡做事。老頭冷冷地說。

那些人隔三岔五找他要錢。有一個人當著許多人的面對二

狗說，再不給錢我就住到你家吃白麵去。

他這也太過分了！阿丁恨恨地說。

二狗一下就甩了那個人一巴掌。他想起當年雙全領著人去他家裡打撲克勾引幽蘭的事情。

狗屎！憑老婆吃軟飯的人，讓你老婆再去找人要錢呀，或者陪我們每人睡一回，錢我們就不要了！那個人把自己心裡想的齷齪東西一下都倒騰出來了。

二狗又撲上去打那個人，兩人扭成一團。

許多人去拉架，但實際上拉得都是偏架，有的人抱住二狗讓他不能動，有的人還趁機打他幾拳，踹他幾腳。一些是因為二狗讓他們幹了活兒不給錢心裡有怨氣，一些看不慣二狗那個屌樣子借這個機會教訓他，也有的人偷偷喜歡幽蘭替她出氣……等他們兩人分開時，二狗鼻青臉腫，衣服被撕了一道大口子。

二狗回去之後，就把幽蘭的騾子牽到鄰村的屠宰房賣了。

啊！我們目瞪口呆。

從那之後，二狗村裡的事啥也不管了，他像雙全那樣開了一個地下賭場。

雙全老婆不告發他嗎？阿丁問。

告，一直告。

那能開下去嗎？

二狗逼著幽蘭去找派出所所長。老頭說。

我覺得我是幽蘭的話要瘋了，怎麼攤上個這樣無恥的

男人？

那她不能也像二狗那樣去市裡告？阿丁繼續問。

她連縣城都沒有去過，哪敢一個人去市裡？再說她也放心不下她的豆腐店。老頭回答。

雙全老婆擔心在牢裡的男人，一直告狀又沒人真正去管，心裡越來越憋屈，後來就瘋了。老頭吸了一口菸。街上還是那樣安靜，太陽卻已經到頭頂了。

我和阿丁感覺這個鎮子安靜得讓人出不上氣來，我希望再次看到那個瘋女人，聽她嘶啞地喊，殺了他！

二狗開了大概半年左右地下賭場就開不下去了，老頭帶著一種嘲諷的口氣說，因為他手頭沒錢，雖然每天抽紅，但十賭九輸，那些輸了的人轉不開就得借給他們錢，許多人借下一時還不了，越欠越多，最後轉不動了。

老頭講完這段故事，西邊傳來幾聲悠揚的鐘聲，不久一群放學後的小學生嬉笑著奔跑過來。

我說咱們一起吃飯去吧？

老頭沒有推辭，領著我們去了鎮子西邊的一家小飯店。

3

吃飯時，哪道菜我都嘗不出味道，腦海裡老出現幽蘭、瘋女人、雙全、二狗的樣子。老頭卻津津有味地夾著花生米喝著小酒。過了一會兒，他臉色紅潤起來，問道，你們剛才經過三

行路了嗎？我點點頭，想起那個飯店、旅店一家挨一家，卻空無一人的荒涼地方。

二十多年前，它號稱「小香港」。老頭有些自豪地說。

我望了阿丁一眼，他好像陷入對往事的回憶中，沒有注意到我的目光。

二狗不開賭場之後，拿著討回的一些債，在公路邊蓋了一家旅店，叫「香四溢」。

香四溢，我一下想到了山中那座叫無香的客棧。這時阿丁嘴角慢慢蕩出了笑意。我猜他當年一定知道這個地方，可能還來過。

二狗開了旅店之後，沒有像他想的那樣大把往進賺錢，儘管每天一輛挨一輛的大車頭尾相接，像一列列長長的火車駛過這裡。附近市、縣甚至省城的客人也慕名來這裡玩，鎮上和縣裡的單位請客吃飯也經常來這裡。但那些位於國道交叉口地段的好位置早被那些先開的人占完，一些經常去飯店簽單的單位已經有了固定的地方，二狗的旅店又沒有好的服務員。老頭正說著，一隻狗跑進來，在骯髒的地板上敏捷地叼起一塊骨頭，躥了出去。

阿丁從往事中醒了過來，接口說道，那個時候，一般慕名而來的人主要是挑旅店的服務員。

老頭說，那時候每個老闆都挖空心思想雇些漂亮的服務員，為了雇漂亮的服務員，他們跑遍周邊所有的縣，還去那些

交通不便的山區，遇到漂亮的姑娘就高價雇來，到了飯店先給她們洗澡，換衣服，教她們怎樣化妝，用不了多長時間，這些姑娘們在周圍環境的影響下，就像老闆期望的那樣開始上班。

老頭用「上班」這個詞，讓我覺得有些古怪。我想像許多打扮得像髮廊女一樣的姑娘，朝九晚五穿著暴露的衣服向過往的客人招手。

二狗沒有生意，看著一輛輛大車停在別人家旅店門口，就亂發脾氣，摔盤子砸碗，責怪可憐的服務員和幽蘭。一天他又衝幽蘭發脾氣，怪她是一隻不下蛋的母雞。

幽蘭冷笑著說，你想讓你老婆當婊子就直說，不要如此麻煩。她解開領口的一隻鈕扣，把胸罩往下拽了拽，徑直走到門口，架起一條腿，和服務員一起朝路上的大車司機招手。很快，有顧客走進了他們店裡。

從此，幽蘭像那些服務員們一樣描眉畫眼接待客人，香四溢的生意一下火了起來。許多人為了幽蘭來旅店吃飯和住宿，每天門前密密麻麻停滿了車輛。中午和晚上，不知道得翻多少次臺。來得晚了的客人，就得等。二狗的生意越做越大，把旅店加蓋了一層。

你們看見路邊的那個二層樓了嗎？老頭問。

我印象中沒有見過二層樓的影子，胡亂點了點頭。

有了錢的二狗變得財大氣粗，他脖子上戴著指頭粗的金鏈子，手腕上是名牌錶，肚子越來越大，軟綿綿地垂到腰帶下

面，走路時晃來晃去，經常習慣性地把肚子扶起來，往腰帶裡面塞一塞。他花大價錢四處尋找更年輕漂亮的新服務員，但好像哪個也沒有幽蘭那樣吸引客人。

老頭說這些話的時候，人好像膨脹了一圈，讓我覺得他當年是個胖子。而且我眼前出現塗著紅嘴唇，臉搽得雪白，脖子上戴著明晃晃的金項鏈，腳趾甲抹成金黃色的幽蘭。但怎樣也與無香客棧那脖子白皙，走路留下一陣香風的神祕老闆對不上號。這時阿丁用筷子敲著盤子，讓老闆再來一瓶酒。我看見老頭已經把一瓶半斤裝的高粱白喝完了。

我望著阿丁臉上的笑容，覺得他當年來了這裡，一定也與香四溢的幽蘭親熱過，甚至他知道無香的老闆就是當年的幽蘭。我心裡有了一種好像被欺騙的感覺，想把阿丁灌醉。我讓他陪老頭喝酒，一會兒我來開車。

老頭又喝上酒，說話的慾望更加強烈了。他說二狗發財之後，認了許多乾兒子，有次一個乾兒子說學校裡有的同學用小錄音機學英語，二狗二話沒說，當下領著他去商店裡買了一臺錄音機。這東西當時算個稀罕玩意，一臺得五六十塊。這件事情傳出去之後，他的許多乾兒子都說自己需要錄音機，二狗一下買了十幾臺，給每人發了一臺。

這些孩子拿著錄音機，到處炫耀，和人說話時，趁你不注意，猛地按開按鈕，放出你剛才說話的聲音。後來，二狗不知道從哪裡得到的靈感，給每個乾兒子定做了一套衣服，上身統

一是白底藍條條的海魂衫，下邊是天藍色的牛仔褲。這種打扮在鎮上從來沒有出現過，孩子們穿出來之後，讓人覺得眼前一亮，像海風吹了過來。二狗還包了一輛車，拉上他所有的乾兒子，去北面的山裡玩了一天。那時 Y 景區還沒有開發，路不好走，鎮上許多老頭還沒有去過哩！

彷彿為了驗證老頭的話，一位穿著海魂衫的男孩從飯店門前走過。老頭說，你看，當年二狗的乾兒子們就是穿著這樣的衣服。

4

香四溢的生意真是好！喝上酒的阿丁自言自語道。

後來呢？我問。

後來幽蘭遇到了來自京城的畫家李甲，阿丁說，李甲當時去 Y 景區寫生，聽過往的司機閒聊知道了幽蘭的美豔，便跑到三行路去看她。那時幽蘭正穿著一條綠裙子，雖然是風塵女子，卻渾身雅豔，遍體嬌香，像荷葉中的一截嫩藕。李甲一下想到紅磨坊中身材豐滿、風姿綽約，綠色的緞子拖裙繫在臀後，每次走過蒙馬特街區都引起一陣騷動的舞女古呂，他馬上決定住在香四溢旅店，像土魯斯‧羅特列克那樣，描繪三行路上的各色人物。第一次他在那裡住了十多天，把身上的錢都花完時才帶著一疊畫稿離開。很快他帶上自己手頭的所有積蓄又來到三行路，他每天畫啊畫啊，畫那些鬍子拉碴、滿臉疲憊的大

車司機，畫那些衣冠楚楚、大腹便便的八方食客，畫那些花枝招展、大膽潑辣的女服務員，當然他畫的最多的是漂亮的幽蘭。

他的感覺從來沒有這樣好過，那一張張帶著慾望的臉孔在他的畫布上掙扎，綻放，李甲感覺自己上帝一樣操縱著這群人的命運。但是這樣過了大概多半年，他又沒有錢了。

在離開香四溢旅店的前一天，李甲選了一張自己覺得最滿意的作品，交給了剛洗完頭髮的幽蘭。幽蘭打開畫作，驚喜地尖叫了一聲，馬上把畫合住，緊緊地抱在胸前。幽蘭眼睛裡閃出的那種震驚、欣喜、滿足、感動的目光，李甲一輩子也忘不了。他把自己鎖在房間裡，疲憊和成就感一起湧來，他很快進入了夢鄉。那天晚上，李甲的房門被敲過好幾次，他一次也沒有開。天快亮時，他悄悄離開了香四溢。

從那之後，李甲手頭一有點錢就去香四溢。每次來了幽蘭總是抽空陪他，他們兩個待一起不多說話，隔一會兒看一下對方的眼睛，馬上又把目光錯開。

是啊，那位畫家隔段時間來這裡住幾天，他一來了幽蘭招呼別的客人就心不在焉，他們不說話，但幽蘭的心都放在他心上了。老頭接著說。

二狗不干涉？我問。

他沒這個資格。老頭說。他的整個飯店都是幽蘭掙下的，他也不敢干涉。

我想像幽蘭和李甲在一起親密無間的樣子，瞟了阿丁一

眼，但我知道阿丁不是畫家。

老人把瓶裡的酒給阿丁倒了一半，剩下的倒自己杯子裡，大大喝了一口，繼續說道，幾年之後，周圍突然建起幾條高速公路和一個溫泉渡假村，車輛和客人一下少了。

三行路一下冷清下來，以前一輛接一輛從頭看不到尾的車流不見了，塵土飛揚的路兩邊晾滿了玉米、穀物，成群的野狗從路上結伴而過，刨食護坡兩邊飯店遺留下來的垃圾。即使有幾輛大車路過，也轟隆隆駛過這些旅店開向不遠處的城裡或溫泉渡假村，偶爾有一輛三輪車或落滿塵土的大汽車停在旅店門口，最多要上一盤涼菜、一碗麵，然後急匆匆離去。許多旅店撐不下去，老闆關了門去另謀活兒幹。然後像瘟疫傳播似的，越來越多的旅店關了門，這兒也越來越冷清。姑娘們都去了溫泉渡假村。一到晚上，這裡黑燈瞎火的，像墓地一樣安靜。老頭又喝了一大口酒，猛烈地咳嗽起來，他使勁用拳頭捶胸脯。鼻尖留下一串清鼻涕，趕忙用手背擦去。接著眼睛裡冒出淚花來。

這時 Y 景區開始大力開發。阿丁接著說。

二狗和幽蘭的香四溢也關了門。老頭憂傷地說。他們搬回了鎮上，二狗無所事事，喜歡端著一個大茶缸，在院子門口的照相館前看下棋，經常一看就是一天。他肥大的肚子彷彿駝峰一樣能儲存能量，中午也不回家吃飯，而是一根接一根抽菸。鎮上人一般抽的是兩三塊錢的桂花、公主菸，二狗卻只抽一個

牌子，十元錢的紅塔山。每次他掏出菸，總要給周圍抽菸的人每人發上一根。他那些乾兒子簇擁在他周圍，他像一位打了勝仗的將軍。

一塊烏雲飄過來，像給天空拉上了一道黑色的窗簾，金色的陽光不見了。一隻螞蟻爬上了飯桌。

要下雨了。阿丁說。

老頭又用手抹了一下鼻尖，他的淚花鼻涕越來越多，還不斷地打呵欠。

他累了。我心裡想。

二狗這樣下去也不錯呀？阿丁用帶著諷刺的口吻問。

他掙的錢應該足夠他這輩子花了！

要是這樣下去，肯定夠花，下輩子也花不完。老頭說。可是他有一天又走進了賭場。老頭的手抖了起來。自從二狗不幹這事之後，鎮上不斷有人接著幹下去。二狗進了這種賭場，人們像財神爺一樣供著他，他尋找了多年的被人尊敬的感覺現在有了。二狗又開始狂賭，就連賭資一塊、兩塊的那種最小的賭局，他也感興趣，可以一局接一局玩下去。記不清哪天他睏到極點的時候，接過了別人遞過來的一支香菸，吸上之後，非常來勁。從此，二狗不抽紅塔山了，換成抽這種菸。他不差錢，就像抽香菸那樣一支一支抽這種菸。有人說這是幾個傢伙謀劃好了給二狗下套。反正，二狗很快癮大了，抽這種東西頂不住，開始買料面，像鎮上那幾個瘦得不像人的吸毒鬼一樣，用

燒紅的鐵絲燙好，捲上紙幣吸溜。老頭說完又用手抹了一下鼻尖，手抖得更厲害。

幽蘭不管他？我問道。

幽蘭？她和他的畫家朋友在山上建客棧呢！阿丁說。

李甲請了許多搞建築、設計、雕塑、美術的朋友幫助幽蘭設計客棧。

不光是建客棧吧？她還幫著那個痞子在北京開畫展呢！老頭插了一句。

這你也知道？阿丁問。

老頭擦了一把鼻涕抹在桌腿上。都在吃幽蘭。他說。

阿丁不自然地笑笑，想分辯什麼。

我問，畫展成功嗎？

那狗屁畫，誰喜歡。老頭說。

真正的藝術品幾個人能欣賞了？阿丁嘆口氣。

老人忽然大聲笑起來。他說二狗吸毒吸得越來越厲害，他的鈔票嘩嘩往外流。有一天，他正吸足了料，神采奕奕地擲骰子，忽然幽蘭站在了他面前。老頭的話頓住了。

怎樣了？我拿起空杯子和老頭手中的酒杯碰了一下。

幽蘭說她要走了。老頭忽然大哭起來。

我頓時手忙腳亂，不知道該怎麼辦好。阿丁換了座位，坐到老頭旁邊，拍著他的肩膀，一張一張給他遞餐巾紙。老頭越哭越傷心，在哭聲的間歇中，他說道，二狗從來也沒有想到幽

蘭會離開他，他根本離不開幽蘭啊！

但幽蘭早已離開了他，從他把她的孩子賣掉那天，她就已經離開了他。阿丁冷冷地說。

老頭的哭聲漸漸止住了，他自己拿起一張餐巾紙胡亂在臉上擦了一下，碎紙屑掛在他臉上像幾粒吃飯不小心黏上的稻米粒。他用紅腫的眼睛望著我問，你能借給我一百塊嗎？買點藥。看到我有些驚詫，他趕忙改口道，五十也行，我下午就還你。阿丁掏出一百元，甩在桌子上。老頭拿起來慌慌張張走了。在一旁瞧著我們的飯店老闆說，你們又讓他把錢給騙走了，又吸去了！

我問他，你知道那個叫李甲的畫家嗎？

怎麼不知道，畫的畫比鬼都難看，都在騙幽蘭。

不是騙幽蘭。阿丁說。

飯店老闆用勁咳起一塊濃痰，去門口吐去了。

我把目光轉向阿丁，問為啥李甲後來沒有和幽蘭生活在一起？

阿丁搖了搖頭。

我們出了飯店，我調轉車頭往山上開去。剛出鎮子，下起大雨來，雨水模糊了車玻璃，我聽見那些破敗的屋簷瀑布一樣嘩嘩往下流水……

　山中客棧

巨 大 童 年

童年是每個人永遠的子宮，恐懼、寂寞、孤獨時，它是最安全的地方。

—— 題記

1

金小丁父親和金小丁他們走到村口，忽然說，你們走吧，我去底下開門。

一隻二踢腳升上天空，寂寞地響了兩聲，掉下些黑色的碎屑和半個紙筒，落在結冰的水窪上，火藥味兒在空氣中瀰漫。金小丁狠狠地踢了一腳紙筒。鋪子晚開會兒有啥關係，畢竟母親是要去太原看病！

父親沒有等他們做出反應，便把手臂舉起來，舉到一半以後卻無力地停住，頹然地揮了揮，像同他們告別，又像打發他們趕快走。這讓金小丁想到旗升一半後突然被什麼東西掛住的樣子。

在村裡，沒有人生病直奔省裡的大醫院。一般都是在鎮上的診所買點藥，不好的話再去縣醫院，再不好就打聽各種偏方，最後實在不行，才去省城檢查。這個時候，基本上 99% 是癌症。在醫院裡待上幾個月，把家裡積蓄花淨，再向親戚五六

借遍，然後奄奄一息被拉回家準備後事，打發亡人後，家裡人辛苦攢錢還債。

金小丁的母親也經歷些許這樣的環節。診所、縣醫院、中藥、偏方……七七八八大約耽擱半年時間，人變成了骨頭架子。做完胃鏡，醫生說得去太原檢查。金小丁他們的心馬上都涼了，怕去太原，還得去太原！

金小丁記得那天母親一回家，馬上就咧開嘴哭了。她蜷縮在牆角，頭埋在膝蓋上晃著說，不去太原，不檢查了，檢查也是白檢查。她那恐懼無助的樣子像金小丁，像他父親，像他們一家人的反應。當時金小丁嘴硬著說，去吧，什麼病得檢查清楚。母親說，拿什麼看啊？父親結結巴巴說，去吧，咱賣房也得給你看。

那幾天，家裡每天像戰爭，圍繞看還是不看。

爭爭吵吵好幾天，好不容易把母親說動，父親卻逃跑了。

金小丁暗暗生著父親的氣，扶著母親過柏油公路，跨過排水溝時，看見裡面扔著條黑色的死狗，瘦瘦的屍體上毛一縷縷散開，眼睛已經成了空的。他們在經常等車的派出所門口停下，父親不見了。他不應該走這麼快。

金小丁和母親都沒有提父親，而是把目光望向縣城的方向。雖已立春，天氣還是冷，沒有生氣的柏油路把村子、旅店與鋸木廠、水庫分開，視野之內光禿禿得全是槐樹、楊樹、柳樹。有車過來，馬上掀起冷風，母親的身子發抖，像剛出窩的

小雞。金小丁把母親扶到鋸木廠前一棵枯樹幹上坐下，離公路稍微有了點距離，汽車駛過扇起來的風不太大了，母親卻還是把身子縮成一團。她的冷傳染了金小丁，他也開始抖起來。

大約過了半小時，過來輛車，是依維柯。金小丁和母親都走過去，同時問，去太原，多少錢？車門緩緩滑開，二十，賣票的女人回答。金小丁還價，十五。後來他想起來覺得自己很蠢，都啥時候了還講價。賣票的說，最少十八。金小丁用商量的口氣對母親說，就坐這輛吧？母親搖搖頭，用無力但堅定的語氣回答，咱們坐這種車幹啥？說完，往路邊退。

那個年代，去省城有兩種車，依維柯和小巴。依維柯快，價錢也貴，像現在的高鐵。

金小丁和母親又在路邊等。天氣很陰鬱，像看不見的愁緒在彌漫。人們還沒有從春節消閒的氣氛中恢復過來，路上冷冷清清的，雖然是早上，給人的感覺卻像傍晚。

過了會兒，又來一輛車。還是依維柯。

金小丁說，咱們就坐依維柯吧？他已經後悔沒有堅持坐第一輛車，如果坐上，最起碼走四分之一的路了。母親搖搖頭，釘子樣釘在那個枯樹幹上。

這時金小丁看見有個女人走過來。她戴著船形帽，白色的口罩遮住大半個臉，露出的額頭白皙光潔。他眼前一亮。女人的大眼睛眨了幾下，金小丁感覺春天睜開了眼睛。她似乎不怕冷，穿著薄薄的呢裙子，下面是黑色的打底褲和黑色的高跟

鞋。高跟鞋敲打在公路上，彷彿秒針在嚓嚓地走。金小丁心跳加速，還隔著段距離，就聞到香味兒撲鼻而來。她斜挎在肩上的牛皮包盪來盪去，拍打在豐滿的臀部上，像在挑逗人。金小丁認出她是「大仙」，村裡只有她的臀部好像會說話。金小丁想起村子裡人們關於她不正經的種種傳說，臉有些微微發燙。

大仙伸出手揮了揮，依維柯便聽話地在她面前停下。

大仙沒有搞價錢，直接就上了車。金小丁衝動起來，大仙都坐依維柯，為啥他們不能坐呢？便走上前去，招呼母親。母親坐在枯樹幹上，無力地慌亂擺手，像隨時能被風吹走的枯葉。售票的盯著金小丁問，坐不坐？女人已經在靠近車門口的座位坐下，摘下口罩，果然是大仙，她皮膚又細又嫩，看起來比母親至少年輕十多歲。渾濁的混雜著人體氣息的暖風撲到金小丁身上，他好久沒有聞到這健康的氣息了，不由深深吸了幾口，從這縷氣息中，金小丁聞到股甜絲絲的香味兒，他想這一定是大仙的。他想馬上上車，與這些人坐到一起，然而瞧了瞧母親，只好窘迫地離開。

公路邊恢復了安靜和寒冷，好長時間沒有車來，金小丁有些急躁，又在想假如坐上第一輛，怎樣也走到半路了；就是坐上第二輛車，也走不少路了，像這樣等下去？

心裡不由得開始埋怨起母親來。

這時，忽然有輛小巴駛過來。紅色的車身點綴著金黃的圓圈，金小丁和母親頓時心裡暖洋洋的。金小丁在前，母親在

後，迫不及待地往過走。金小丁怕母親摔倒，回過頭來扶住她。車在他們前面停下，圓頭圓腦，憨厚的樣子，發動機嗡嗡響著。母親扶著車門問，去太原多少錢？

因為病得久，她的聲音幾乎在嗡嗡，金小丁站在旁邊也聽不清，不用說賣票的。他便大聲問，去太原多少錢？賣票的回答，十三。金小丁鬆口氣。母親卻還價，每人十二，邊說邊伸出手指比畫。售票員猜出了她的意思，伸手招呼他們上。母親又重複一句，每人十二。

金小丁把提包遞給賣票的，扶著母親上車。她的屁股滿是骨頭，瘦得硌手。忽然母親停下來，著急地喊了句。

金小丁跟上去衝母親的聲音看過去，父親垂著頭，串在麻繩上，被警察牽著，向派出所走去。

母親慌亂地轉身要下車，金小丁小心地扶著她。賣票的不耐煩地把他們的行李遞下來，司機發動車。金小丁似乎聽到車上傳來咒罵聲。他想，幸虧大仙沒在這車上，他似乎看見大仙已經到了太原，衝他們微笑。

串在繩子上的人有狗毛、二日、三紅頭，金小丁馬上明白父親被抓賭了。父親從來不耍錢，再說他去街上開店門了，怎麼就被抓了？金小丁心裡火焚焚的。

母親急急忙忙朝父親走去，腳下沒有力氣，打了幾個踉蹌。金小丁趕忙扶住她，說，慢些，慢些。母親踩到什麼東西，腳滑了一下，金小丁提了她一下，母親已經輕飄飄的，像

件薄棉衣。腳下踩的是他剛才踢過的半截紙筒，金小丁又狠狠踢了一腳。

金小丁和母親到派出所，屋裡已經站滿人。胖乎乎的警察一宣布完處理結果，人們就蜂擁而上，像搶購什麼便宜的處理貨。母親著急地扯了扯金小丁。金小丁掏出 50 元擠向警察。金小丁不明白父親為什麼不來送母親，也不去開舖子，卻去看耍錢的。

金小丁交錢後，父親低著頭跟在他們後面出了派出所。他仰起頭想要解釋什麼，正巧有輛依維柯駛了過來，母親果斷地伸手攔車，金小丁也伸出手去。太原，二十，賣票的說。母親沒有還價，抬腳往車上走，金小丁趕忙扶著她上車。他們都上車之後，賣票的幫他們找座位，司機發動車。金小丁回頭看，父親站在公路旁，眼圈紅紅的，眼睛裡似乎有淚。他鬢角裡的幾根頭髮冒出來，在無力的春光下看起來有些透明，使他整個人虛幻起來。車發動了，父親揮起手來，這次他的手臂揚得很高，依維柯已經走出很遠，他的手還揮著。那一刻，金小丁覺得父親很可憐，彷彿被遺棄了的孩子。

2

母親住進腫瘤醫院，化驗血，做胃鏡，做切片，父親一次電話也沒有打過來。

以前金小丁害怕什麼事情，總是躲，儘管知道躲避任何問題也不會解決，卻還是躲。現在他從父親身上看到了自己的

影子，或者說發現自己愛躲的毛病遺傳自父親，但在這樣天大的事情面前，父親還在躲，金小丁有些難以想像。他故意不打電話給父親，他不相信父親能憋住，況且打了父親也幫不上什麼忙。

做手術前一天，需要直系親屬簽字，金小丁給父親打電話。父親在電話那頭結結巴巴，半天一句完整的話也說不成。金小丁的心亂了，他說他簽字吧。父親馬上哭了，哽咽得接下來的事情根本沒有辦法交流。金小丁只好告訴父親做手術的時間是下午三點，掛了電話。

母親躺在病床上，喃喃地問，你爸爸會不會來？來了也幫不上什麼忙，讓他別來了。母親這樣說，金小丁知道她盼望父親來，他也希望父親能來。

母親躺到擔架車上，被推進手術室的那一刻，還盯著門口。手術室的門被關上的一刹那，金小丁全身空了。他坐在走廊天藍色的椅子上，盯著對面虛白的牆。牆上布滿細小的顆粒，金小丁覺得每個顆粒記錄著個死人，他突發奇想，假如顆粒是偶數，母親就會沒事情。金小丁一顆一顆數起來。

晚上，金小丁給父親打電話，告訴他母親手術很順利，醫生說再化療一星期就可以回家了。電話那頭，父親的聲音輕快起來，不結巴了，他再三叮囑金小丁照顧好母親，問他要不要來了？金小丁說不用了。他響亮地「嗷」了聲，金小丁覺得他回應得太歡快了。

一星期很漫長，已經過完元宵節。醫生停藥，觀察兩天，告訴金小丁他們可以出院了，過半個月再來化療。

　　這期間，父親還是沒有電話打來。金小丁想反正回去要見面，便沒有告訴他回去的具體時間。

　　到了汽車站，買票時母親叮囑金小丁千萬別買依維柯的。他們坐上普通大巴，搖搖晃晃往家裡趕。車不停地停下來，撿沿路的乘客。母親的呼吸不通暢，隔會兒喉嚨裡就分泌出白色的黏液，車每次停下或發動，她就大聲咳嗽。賣票的給了她一個塑膠袋，不一會兒就沉甸甸的，像有許多條缺氧的小魚在掙扎。

　　遠遠地看見村口的那棵大柳樹了，已經微微有些綠意。金小丁說，派出所門口停。車往前走，他忽然看見父親穿著棉衣站在路口伸長脖子盯著這邊看。車緩緩減速，父親的棉衣黑得發烏，深一塊，淺一塊，像浸到不同層次的黑顏料裡染過似的。他明顯老了，布滿皺紋的臉又黑又髒。

　　車停穩後，父親湊過來。金小丁不知道是否每一輛車父親都這樣看。他喊爸爸，看見他的頭髮、鬍子、眉毛都奇怪地捲曲著。父親看到他們，咧開嘴笑了，臉像皺巴巴的饅頭上爆開裂子。母親把手裡裝滿痰的袋子扔到地上。

　　父親說，東西掉了，忙埋頭去撿。母親說，別撿，是痰。

　　父親沒有聽清楚，把袋子撿到手裡後，大概才聽到母親的話，也看清楚了手裡的東西，用勁把它扔到路邊的排水溝裡，

尷尬地笑著說，我估摸著這幾天你們要回來，每天來看看。然後問母親，好了？母親說，哪能這麼快，過半個月還得去。父親臉上的笑容馬上凍結了，但不到三秒鐘就說，說不準過半個月就不用去了。

回到家裡，到處都是塵土。母親拿起布子去擦，金小丁攔住她。父親說，我去街上買吃的。金小丁跟著父親往街上走。巷子裡空蕩蕩的，沒有人，幾隻鴿子在屋頂上啄東西吃。金小丁不知道它們能吃到什麼。

父親遲疑地問，你媽真的是癌？

嗯。

父親不說話了，忽然伸出手來抓住金小丁的手。多少年了，父子倆沒有這樣握過手。金小丁感覺父親的手在他手裡抽搐，掙扎，哆嗦，像掉在水裡的老鼠抓救命的東西，金小丁的心哆嗦起來。

兩個人手拉著手往街上走。金小丁聞到父親身上有股嗆人的煙煤子氣味，他不明白他又幹啥了。

到了街上，他們兩個才把手分開。

金小丁問，鋪子一直開著？開著，父親說。買賣好嗎？父親扭了扭脖子說，就那樣。

父親前邊走，金小丁跟在後邊。一進鋪子，金小丁忽然感覺非常黑，這種黑不是從明亮地方進了陰暗地方的自然黑，是直接走進黑暗的黑。然後金小丁聞到嗆人的煙煤子味，比父親

身上的那種味道更濃烈。接著他發現頂棚、牆壁、貨架都黑乎乎的。

他疑惑地望著父親。

父親望著金小丁喃喃說道，我命大，要不那天就燒死了。你媽做手術前一晚，家裡著火了。金小丁吃驚地問，怎樣著的火？父親說，有個菸頭扔到火爐旁的塑膠盆裡，把旁邊的紙箱子點著了。我發現弄滅後，家就熏成這樣了。

金小丁聽著心驚肉跳，他想禍不單行，但想到父親沒被燒死是好事，母親應該也沒事。假如那天火真的著大了，父親不用說燒死，即使少個什麼東西，接下去的日子怎麼辦？

這樣想著，金小丁彷彿看見那晚父親接完他的電話，心事重重地在屋子裡轉來轉去，不停地抽菸，大聲咳嗽著，菸蒂扔得滿地都是。一顆菸頭不小心扔到塑膠盆裡。

他累了之後，躺到炕上半天睡不著。菸頭點著盆底的塑膠，發出刺鼻的味道，然後塑膠盆緩慢地燃燒著，點著了旁邊的紙箱，房間裡多了焦煳味兒。父親沒有聞到，也沒有看到那微暗的一隱一現的火光。熬得累極了，父親終於睡去。火慢慢大起來，有了濃煙，火苗嗤嗤地響。父親以為自己在做噩夢，翻個身繼續睡。猛地被恐懼驚醒，躥起來後，看到滿屋火光，拚命撲打起來。火繼續燃燒著。父親害怕把房子點著，什麼也不顧，把爐子旁的水甕搬倒，擰開上面的水龍頭，煙和水氣冒了上來，火漸漸小了，滅了。

父親打開爐蓋看了看裡面的火，加了兩塊炭，然後拿起掃帚，掃爐邊的灰。金小丁心裡抽搐著點根菸給父親遞過去。父親接過菸說，房子燻黑了，得好好收拾一下。這幾天我還想，要是你媽有個三長兩短，收拾這屋子有屁用，我還不如當晚燒死。

父親又在說死。金小丁火了。他說，大家都好好的，動不動死什麼啊？

父親不言語，長長吸了口菸。

第二天，母親要來鋪子裡看看，金小丁和父親阻止她。怕累著她，也怕她看到屋子這樣子心疼，但母親堅持要來。

她看見黑乎乎的屋子，果然心疼，吸溜了下嘴，問著火了？父親點點頭。還好，人沒事就好，火燒十年旺，母親很認真地說。金小丁的心抖了抖，跟著說，火燒十年旺。

那是金小丁他們家最後一次一起動手收拾屋子。父親刷頂棚和牆壁，金小丁擦洗貨架上的東西，母親非要去洗燻黑的被縟、衣服。金小丁和父親阻攔她，她不聽。因為身體弱，母親洗洗就得歇會兒。金小丁勸她，一勸，她彷彿為了證明自己沒事兒，反而更加用力了。金小丁看到母親這樣，僥倖地想她或許真的沒事了，尤其是父親看到母親這樣幹活兒，黑黑的臉上泛起了笑意。

還沒到十天頭上，母親吞嚥東西又困難了，金小丁想起醫生說的過半個月再去化療。當時醫生說時他覺得間隔時間太

短，現在卻覺得半個月時間太長了。每天看著母親吃不進東西，飛快地瘦下去，金小丁擔心這五天時間病情再次惡化。

好不容易熬到半月頭上，一早起來金小丁就和母親去太原。他以為這次父親要送他們。

可是父親連公路上也沒去。一出家門就說，我去底下開門。說完後，他有點尷尬，大概想起了上次的事件。金小丁為父親害臊，這個點兒開門，哪有人買東西？

母親轉過身來，盯著父親說，你一個人照顧好自己。

母親瘦得臉上只剩下大眼睛，她的話顯得特別認真。父親轉過臉去，眼圈紅了。金小丁扶著母親去等車。

母親說，依維柯……

金小丁打斷她的話。看病多少都花了，還計較這幾塊錢，趕緊走吧。

母親傷心地哭起來，不肯往前走了。金小丁知道自己說錯話了，邊給母親道歉，哄著她往公路上走，邊心裡責怪父親不來。

那之後有半年多時間，金小丁每隔半個月陪母親去醫院化療一次。父親沒有陪母親去過醫院，也沒有送他們等過車。倒是大仙經常遇到，每次見到她，金小丁就想起關於她的那些傳說。大仙像和他們生活在兩個世界，絲毫不見老，母親卻憔悴得不成樣子了。金小丁不知道大仙去太原做什麼，她從來不挑車，也從來不還價，有幾次他們還坐了同一輛車。每次大仙

看到金小丁和他母親都客氣地微笑，金小丁覺得大仙人挺不錯的，不知道人們為啥那樣說她。但母親不喜歡她，說她錢來得容易，花得就隨便。

最後一次化療完之後，金小丁和母親都明白好不了了，便帶回一堆藥，想別的辦法。

母親回家後，躺在床上下不了地。瘦成一張皮的臉痛得七扭八扭，彷彿能看見下面的骨骼在掙扎。金小丁租來氧氣瓶，買回杜冷丁，父親找木匠割棺材。

父親每天吃完飯，例行公事似的問母親，好點沒有？

也不等母親回答，可恨地抹抹嘴出去和木匠打招呼。

那些天，金小丁家養的狗整天狂叫，夜晚也不安寧。

金小丁怕把割棺材的人咬傷，把它牽到廢棄的豬圈裡拴起來，它還是不停地狂叫。鄰居們說，這樣的狗打死算了。

一天晚上，金小丁和父親正在吃飯，狗不知道怎樣拚了命，掙脫鐵柵子，帶著鐵鏈子撞開門衝進來，跳到炕上，默默地注視著母親。母親用勁欠了欠身子，對狗說，狗，我瘦成這樣你認不出我來了吧？

父親的眼圈馬上紅了。

金小丁的眼圈也紅了。

狗低哼幾聲，像在答應。往前湊湊，臥在母親旁邊，邊搖尾巴，邊舔母親的手。金小丁把狗牽下去，重新拴好。它一聲不吭了。

第二天，母親把父親和金小丁叫到跟前，從枕頭下拿出個小本來，說，這是咱們看病借別人的錢，我死之後你們一定要還上。

父親說，你說些啥話哩？

母親笑了，我死了就不拖累你們了。

金小丁哭了。

父親擦擦眼睛，走出去。

第三天，金小丁守在母親旁邊迷迷糊糊，忽然聽見母親喉嚨裡輕微一聲響，他醒過來，看見母親脖子一歪，眼睛閉上了……許多東西從金小丁腦中轟隆而過，他從炕上坐起來，輕飄飄的，彷彿自己的魂魄隨著那一聲輕微的響飛走了。想哭，卻哭不出來。

他怨恨地想著父親，飄出家門，站在臺階上衝過路的人喊，叫叫我爸爸，我媽沒了。說完這句話，金小丁號啕大哭起來，覺得這個世界上只剩下他了。

過了不到三分鐘，父親跌跌撞撞跑回來。他人還在院子裡就喊金小丁的名字，你媽呢？金小丁只是哭。

父親進了屋子，看見一動不動的母親，身子就出溜在地上，放聲大哭。他的哭聲悲痛而放肆，像憋了許久的洪水終於沖開了閘門。父親的哭聲打斷了金小丁的哭聲，他望著父親隨著哭聲流淌下來的鼻涕、眼淚，感覺悲痛好像有了質感，沉甸甸的，把人墜得想躺在地上不動。他原諒了父親半年多的躲

避、退縮，想攙扶他起來，可是父親軟得像剛煮出鍋的麵條，怎樣也扶不動，而且身子開始抽搐。他的頭髮從鬢角開始，往上走，一塊塊白了。父親感覺不到自己頭髮的變化，只是慟哭。金小丁呆呆地望著父親頭上發生的變化，想做點什麼，卻無能為力。眨眼間，成群的蒼蠅飛進來，圍著母親打轉，放肆地落在她身上每個部位。金小丁身上開始發癢，比母親看病時更厲害的寒意從身體各個毛孔滲進去。他站起，打開門窗，正是中午，門口有大團的黑影。他感覺很冷。

3

打發完母親之後，父親連續幾天不說話，飯也不怎麼吃，只是默默地流淚。金小丁害怕他想不開，又不知道怎樣開導，只能每天陪著他。門口牌位前擺著母親的遺像，非常慈祥地望著金小丁，彷彿叮囑他把父親照顧好。

父親手裡總是拿著母親生前記帳的那個小本，翻來翻去，像翻一座大山。金小丁想把它悄悄藏起來，可是不敢，害怕父親找不到小本發瘋。

金小丁看到滿頭白髮的父親成天一聲不吭，毫無辦法。他經常望著窗外被電線劃得七零八落的天空，想變成一隻小鳥，狠狠地衝破這些爛玩意兒，衝到那遙遠的藍處。

幾天之後的一個中午，又到吃飯時間。金小丁正在發愁，忽然聽到狗叫。一抬頭，看見大仙站在大門口張望。金小丁想

到正月裡他和母親在寒冷的公路邊等車，她卻攔住依維柯毫不猶豫就坐上去，有絲怨恨湧上來。

大仙卻友好地對他笑笑，問，狗拴著嗎？金小丁像身上剛奓起毛被撫摸了一把，喝了聲狗，問，有事？大仙笑笑說，過來看看。

父親看到大仙，沒有反應，翻那個小本本。金小丁覺得有些難堪。大仙卻沒有感覺到似的，滿面笑容親切地叫父親金哥，金小丁聽到，身上暖呼呼的，父親卻依舊毫無反應，繼續翻那個畫得亂七八糟的小本。金小丁為父親發窘，要為大仙倒水。大仙攔住他，說剛在家喝過。她身上濃郁的香氣像有溫度似的，讓金小丁感覺到久違的溫暖。

他正要說點什麼，不讓大仙尷尬，大仙卻拉了把小板凳坐下。她比金小丁和他父親頓時矮下去，金小丁對她產生種莫名其妙的好感。

大仙坐定後，從包裡摸出一百元錢。嫂子病了本打算早來看看，但總被些狗七貓雜的事情拖著，竟耽擱了。大仙說。

金小丁漲紅臉，忙擺手說不要。

我們能幫什麼忙？父親竟甕聲甕氣說話了。

金小丁大吃一驚，不相信似的望著父親。

這時大仙臉上的表情生動起來。她站起來，腰肢一扭一扭到了父親跟前，貼著他的耳朵竊竊私語。她的臉是那麼白，那麼嫩，雖然有皺紋，但能清晰地看見額頭皮膚下青色的血管。

父親的臉與她相比起來，又黑又瘦，粗糙得像搓澡的老絲瓜。

金小丁的臉忽然變紅，剛對大仙產生的好感消失了，他扭身去了外屋，在母親的遺像前站定。

母親定定地望著他，眼神有些憂鬱。

金小丁剝了顆糖，放在母親遺像前，用眼鏡布拭了拭上面的灰塵。

大仙一扭一扭出來了，父親跟在後面送她。

父親送走大仙，在院子裡抱柴，搗炭，問金小丁想吃什麼？金小丁心裡一熱乎，說面。說完面，趕緊去接父親手裡的東西。父親說，你累了幾天，歇歇，我來吧。金小丁感覺父親比前幾天輕鬆多了。

吃完飯，父親穿外面的衣服。金小丁問，要出去？父親回答，去鋪子裡看看。金小丁感覺堵在父親心頭的那道堤堰開始出現一道豁口，他對大仙感激起來。

金小丁收拾完東西，往街上走去，遠遠望見父親坐在鋪子門口的水泥臺階上，盯著天空發呆。等他走近，父親說，這頂個球用，你看著。他站起來走了。

金小丁走進鋪子，望著能照見人影的貨架，想起門可羅雀這個成語。整條街上都是開舖子的，買東西的人卻越來越少，他印象中熱鬧繁華的情景好多年沒見了。鎮上日漸蕭條。開舖子的人三五成群下棋、打撲克，太陽生鏽似的一動不動，胡椒眼門窗上的顏色卻日漸黯淡下去，駿黑的瓦房屋頂上都長出了

青白色的瓦松。隔壁已經買了貨車，主動去下邊村裡送貨。

半下午，鋪子裡進來位西服袖子挽起露出紅秋衣的顧客，掏出一次性打火機說裡面的氣用完了，要換個新的。

金小丁生氣了，說，這是一次性打火機，他把「一次性」拖得長長的。不換？紅秋衣說，你隔壁鋪子裡給換。金小丁說，他換你去找他。紅秋衣憤憤不平地去了隔壁。金小丁納悶，隔壁鋪子的老闆瘋了，會給用完氣的一次性打火機換新的？他走到門口。幾分鐘後，紅秋衣出來了，他看見金小丁，示威似的掏出包煙，用牙齒叼出一根，把打火機掏出來，故意甩了甩，點著。金小丁不明白隔壁為什麼這樣做。

父親到底幹什麼去了，還不回來？金小丁想。

剩下的時間他在焦慮不安中度過，再沒有顧客進來。

天黑透之後，金小丁忽然聽到門口傳來沉重的腳步聲、喘氣聲。門開了，又關上，插門閂。

金小丁拉開院裡的燈，看見父親把個黑乎乎的東西放下。拴在梨樹旁的狗大叫起來。父親大聲喝斥幾句，又不殺你！

金小丁發現父親放在地上的也是隻狗，狗頭和身子卷在一起，有圈黏糊糊的東西。金小丁剛要問什麼，父親朝他擺擺手，扛起狗朝屋裡走去。父親的絡腮鬍子上濺了幾點血，像個凶殘的殺人犯。他進來後，金小丁問，你要幹什麼？父親把狗放到地上，拿來洗衣服的大鐵盆把它放進去。誰家的狗？金小丁問。父親擺擺手，找到菜刀，用勁剁起狗頭來。那圈黏糊糊

的刀口那兒有毛和皮，父親每剁一刀它反彈一次，有血濺到父親臉上。剁了幾下，父親扔下菜刀，拿來剪子，捅進狗肚子裡，然後剪起來。狗肚子裡掉出一堆熱乎乎的東西，還在冒氣。然後父親像揪被拉鎖夾住的衣服那樣使勁揪狗皮，嗤嗤的聲音讓人頭皮發麻，一段白花花的身子露出來。蹄子和頭那兒比較費勁，父親把膝蓋跪到狗身上用勁兒揪，一張皮剝下來了，父親渾身都是血。金小丁看得目瞪口呆，這是連雞都不敢殺的父親嗎？

父親把剝下來的皮放一邊，往盆子裡加水。金小丁問，你要幹啥？

父親問，這是啥？

金小丁回答，狗。

父親說，肉。他把狗洗乾淨，扔進大鍋裡，開始煮。

金小丁問，你殺的？

父親翻鍋裡的肉。水開了，香味冒出來。父親調小火說，讓它慢慢燉著。然後他開始洗臉，洗頭，洗衣服，血腥氣在屋子裡瀰漫起來，最後和肉香混在一起，後來，肉香越來越濃，蓋過了血腥氣，鑽進了金小丁的夢鄉。

第二天早上，餐桌上是一盆肉和大饅頭。父親說，嘗嘗怎樣。金小丁夾了一塊小的，小心翼翼放嘴裡，有絲淡淡的狗腥氣，但香。父親說，第一次煮，以後會煮得越來越好吃的。金小丁驚訝地望著父親。父親說，賣狗肉一定不錯，還沒人幹這

個。金小丁問，大仙讓你幹這個？父親不回答，吃完飯，父親把肉放到兩個大桶裡，架到自行車上賣去了。

金小丁父親殺狗越來越嫻熟。很快村裡的人都知道他賣狗肉，來他家買肉的人絡繹不絕，大家覺得狗肉好吃，不膩還大補。

金小丁父親不怎麼打理鋪子了，一有時間，就去尋狗。以往，街上到處可見流浪狗，墓地裡、河灘上、垃圾堆上狗更多。幾個月過後，這些地方幾乎看不到狗了，人們都說讓金小丁父親殺了。金小丁父親不承認，也不否認，只是露出黃牙嘿嘿笑著。但是，只要有人和他一說哪裡有狗，他馬上奔去。無論多凶的狗，見到他馬上就夾緊尾巴，有的當場就流出屎尿來。家裡的那條狗一見他就蜷起尾巴，簌簌發抖。晚上他從巷子裡穿過時，所有院子裡的狗都不敢發出一點兒聲音。人們說他身上有殺氣。

很快，金小丁父親找不到流浪狗了，他開始收購人們家裡養的老狗、病狗。金小丁望著每天疲於奔命找狗的父親，想起他以前那種膽小、怯懦的樣子，覺得像變了個人。

4

大仙又來找金小丁父親的時候，沒進大門就老金、老金叫著，彷彿和他非常熟悉。金小丁不了解那次之後父親和大仙再接觸過沒有，但他知道有些人和人們打一次交道就熟了，大仙

可能就是這樣。

父親聽到喊聲出去。他們兩人神祕地在院子裡說了幾句話，大仙就走了。

金小丁父親回了屋子，說明天要去太原。金小丁問，大仙走了？走了，金小丁父親說。去太原幹啥去？金小丁問。他想母親看病住院做手術時，父親一次也沒有去過太原，現在去太原幹什麼？父親顯然不願面對金小丁的疑問，把頭埋在碗裡使勁兒扒飯。

飯後，金小丁搶著收拾東西，他想弄清楚父親到底去太原幹什麼。父親看見金小丁收拾，馬上說他去鋪子裡看看，就走了。明顯是躲金小丁。

第二天，父親去等車時，金小丁要送他，父親堅決不讓。金小丁等父親走了幾分鐘後，從後面跟上。父親到了派出所門口停住，四處張望。金小丁心酸起來，想起和母親去太原的那些日子。他想找個地方躲躲，看父親坐啥車，和誰去。忽然聽到路旁院子裡傳來推牌九的聲音，他走進去，看見一屋子的人，狗毛、二日、三紅頭幾個人都在玩。金小丁走到窗口，看見父親已經和大仙站在一起，他們中間大概隔著三五公尺的距離，互不說話。金小丁奇怪，他們明明是約好的，為何不說話？

白色的依維柯駛過來，大仙和父親先後上去，他們沒有猶豫，沒有還價。金小丁感覺什麼東西丟失了，他扭

回頭觀察屋裡，人們正在推牌九，根本沒有人注意父親和大仙。

金小丁懷著失落的心情去了鋪子裡。整個上午沒有顧客，金小丁百無聊賴地把所有的東西擦拭完，就沒事可幹了。他想起自己陪著母親輸液，點滴一點一點往下掉時，父親和自己現在一樣，無聊地坐在鋪子裡等顧客，還在擔心母親。他想父親從來沒有出過遠門，現在跟著大仙去了太原到底幹什麼？這個念頭弄得他心神不寧。

那天很晚父親才回來。一進家，跑到水甕前舀出一瓢涼水，大口喝了起來。金小丁問，怎麼這麼晚才回來？父親沒有回答，又喝了幾口水，才喘著氣回答，總算趕上最後一班車了。

沒吃飯吧？金小丁問。從鍋裡把熱了好幾次的飯端出來。父親不回答，臉上卻出現掩飾不住的興奮，把兩隻手在褲腿上擦了擦，拿起饅頭來。

金小丁想問問大仙帶他到太原到底幹什麼。因為有人說她販毒品，有人說她販娃娃，有人說她做那個，他害怕父親跟上她出事。但看到父親開心的樣子，不忍心破壞這難得的氣氛，便暗示他，出了門一定要小心。父親點點頭說，太原真大啊，東南西北哪兒也找不著。說完便繼續興奮地吃起饅頭來。金小丁覺得大仙不可能白請父親去太原，這中間一定有情況。

父親一連吃了三個饅頭，喝了兩大碗稀飯，雙手叉住後腦勺倒在牆根的被堆上，明顯累了。金小丁看見父親兩只腳板的襪子都破了洞，露出焦黃的繭子，心酸起來，想自己不能總待

在村子裡，沒出息不說，還掙不了錢。

金小丁收拾完東西，父親已經打起呼嚕。金小丁揀條被子，給父親搭身上。父親猛地醒了，說，我不瞌睡。金小丁說，睡吧。父親伸伸腿，很快又睡著了。金小丁幫父親把襪子脫下，眼前出現母親給他們補襪子的情景來。她打好最後的結，總是把臉湊上去，用嘴咬斷上面的線。金小丁把父親的襪子泡盆裡，想了想，撈出來扔了。

第二天，金小丁和父親一起去了鋪子裡，半天沒有人。金小丁和父親說起那天換打火機的事情。父親盯著隔壁說，生意都讓這些壞人們攪黃了。他們不賺錢賣些小玩意兒，就是為了擠垮別人。金小丁心裡不平起來，想怎樣報復他們。

他想得出了神，回過頭來，發現父親竟然不見了。中午吃飯時，父親也沒回來。金小丁去大仙家找他。

在大仙家門口，就聞到燉雞的香味兒。金小丁咽口唾沫，想這狗日的真有錢。他走進院子問，見我爸爸了嗎？

屋裡有個柔媚的聲音說，小金？進來吧。鍋裡咕嘟咕嘟響著，冒著熱氣。大仙坐在小板凳上洗衣服，她的裙子幾乎倒捲到裸著的大腿根。金小丁把臉扭過去，盡量不看，卻想搞清楚大仙到底在洗什麼，又扭過頭來。盆裡泡著的東西都是黑色的乳罩、內褲和絲襪。金小丁的臉騰地紅了。

他問，見我爸爸了嗎？老金沒來啊。大仙側著頭回答。她這樣子很騷，金小丁有些喘不過氣來，往後退退說，我去別處

找。大仙問，不吃塊雞肉？金小丁吞口唾沫，心裡罵，真騷。卻忍不住瞄了眼她胸部。

從大仙家裡出來時，金小丁迎面遇到兩個戴墨鏡的人，他們正要進去。兩人都戴著拇指粗的金鏈子，仰起頭放肆地打量金小丁，金鏈子在陽光下閃著眩目的光。金小丁閉上眼睛，呼吸緊張起來，他忽然覺得，父親根本不可能來這裡。心裡卻想起大仙盆裡那一堆黑乎乎的內衣內褲，莫名地難受起來。

沒有找到父親。金小丁吃過飯，百無聊賴地坐到鋪子裡。一隻蒼蠅飛進來，在櫃檯和貨架間與他兜圈子。金小丁來勁了，還趕不走你這個鬼？他拿起蠅拍追打。沒想到，蒼蠅沒打著，卻把貨架頂上的仿製唐三彩馬碰下來。

金小丁想，晦氣，今天賠錢了。

晚上，大概九點鐘，父親才回來，黑紅著臉。金小丁以為他喝多了，問道，喝酒去了？沒。父親回答，端起桌上的半杯水咕咚喝了。金小丁忽然看見父親頭頂和肩膀上有幾根玉米鬚，他想起鑽玉米地這種事情，覺得父親不大可能幹出來，卻不由又想到大仙。

父親掀開鍋蓋找吃的，金小丁忙把籠屜端出來。臉盆倒了水，讓父親洗洗。父親卻說，莊戶人還講究個啥？抓起饅頭往嘴裡塞，嘴巴蠕動幾下，一隻饅頭下了肚，又抓起一隻。

金小丁幫父親把頭頂和肩膀的幾根玉米鬚摘下來，問道，你幹啥去了？說話間，父親又一個饅頭下肚。他說，和三紅頭

他們裝玉米去了，裝糧食也不錯。他拍拍胸前的口袋說，三紅頭他們別看整天玩，但攬下車皮幹裝卸，錢不比咱們掙得少。說著他又拿起饅頭。金小丁看見父親嘴角的幾根鬍子微微發黃，和手中的玉米鬚很相像。他不由想起了老鼠，他們也有長長的鬚，吃、住似乎啥都不挑。

他甩了甩腦袋，把老鼠從自己腦子裡趕跑，用又輕又快的話說，以後別幹這活兒了，你身體哪能扛得住？好好看鋪子吧。

父親說，欠下的錢得還啊，鋪子掙不了幾個錢。

金小丁想確實是這樣，卻仍然說，別幹這了。

父親不回答，吃饅頭。

第二天，父親又去裝東西去了。金小丁無奈，卻也沒有好辦法，待在鋪子裡繼續閒得無聊。他想自己得想辦法幹點別的，這樣下去，欠下的錢一輩子也還不完。沒想到，還沒到中午，父親滿頭大汗回來了。金小丁以為他裝完了。父親說他要去太原。金小丁愣住了，問，啥時候？

父親說，這會兒。邊說邊換衣服。

金小丁問，還是和大仙？父親愣了一下，忙掩飾著說，一個人。說話間他換好衣服，向公路上走去。

金小丁去隔壁鋪子裡買了瓶礦泉水，追著父親的背影喊，把這個帶上。父親邊往前走邊擺手，不用。說完，彷彿怕誤了車，還緊走幾步。金小丁跑了起來，追上父親把礦泉水塞他手裡。父親還想說不要，看到金小丁的神色，沒吭聲，接了過

去。金小丁盯著父親說，小心。說完又覺得自己說的和放屁一樣，純粹白說。

金小丁回到鋪子裡，盯著父親換下來的散發著濃烈汗腥味的衣服，他想自己一定得想點辦法。想了半天，想不出個法子來。他把父親的衣服拎起來，打算幫他洗洗。洗之前，掏了掏父親的口袋，從裡面摸出幾根玉米鬚、五六顆玉米和皺巴巴的一毛錢。金小丁忍不住哭了起來，覺得自己半點兒用也沒有。

洗完父親的衣服，金小丁的心情好了點，他想不能這樣死等著，得想辦法。

照相館的碼頭前，一群人在議論去珠三角打工的事情。那兒需要吹暖壺瓶膽的工人。這個活兒金小丁也會。

前幾年，鎮上和村裡聯合開了暖瓶膽製造廠，請來南方的工人當師傅，鎮上幾乎所有的年輕人都去了。那是段難忘的生活，每天上班，下班，男女工人們學技術，搞對象，按月領工資。他們很快就學會了吹暖壺瓶膽，有的人還學會了吹花瓶、菸灰缸、魚缸等玻璃器皿，生意好極了，產品供不應求，經常加班。可是不知道怎麼回事，先是南方師傅走了，接下來說是有了虧損，後來產品漸漸賣不動，再後來廠子倒閉了。沒過幾個月，暖瓶膽製造廠變成了奶牛場，以前的設備被封存起來，很快被人們偷個精光拿去賣鐵了。

現在大家擔心的是幹了活兒拿不到錢，領工的人卻一再保證沒問題。金小丁心動了，工錢聽起來還不少，冒冒險吧，待

著也是閒待著。在領工的再次鼓動下,他和其他十幾個人報了名。定好三天後吃過早飯後七點出發。

金小丁找到工作,整天都很興奮,他覺得他好好幹活兒,幾年就可以把債還請,父親也不用這樣辛苦了。

晚上父親回來,金小丁把要打工的事情和他一說,父親臉上的笑容馬上凝固了。他說,去幹什麼?

金小丁說,欠下的錢得還啊,鋪子掙不了幾個錢。說完,他想起這句話父親昨晚剛說過。

父親不吭聲了,卻悶悶不樂。吃完飯,他問,我的衣服呢?金小丁望望父親脫在陽櫃上的衣服說,那兒呢。父親說,我說的是那身衣服。金小丁說,哦,洗了,我看看乾了沒有。父親不等金小丁去看,就去院子裡把衣服取回來,開始換。金小丁問,你要幹什麼?父親回答,看看三紅頭他們裝完沒有。金小丁說,這麼晚了,誰還裝。父親不回答他,默默走出去,很重的腳步聲在發洩著他強烈的不滿。

接下來的兩天,金小丁默默收拾行李。父親對他不聞不問,每天出去看鋪子或者裝卸糧食。父親的冷漠讓金小丁越想越傷心,他覺得自己選擇出去賺錢完全是對的,和這樣的父親待在一起,會把人難受死。

走的前一天,父親吃過飯後又去裝卸東西。金小丁把收拾好的行李檢查完,等這漫長的一天過去。

傍晚時分,金小丁忽然看見有輛車停在隔壁鋪子門前,他

認得這是走私鹽的那輛車。他想起隔壁鋪子老闆平時對他們的擠兌，想到自己走了之後，父親的生意可能更難做。於是跑到公話亭，撥通縣鹽業公司的電話。

回了自家鋪子，隔壁老闆笑吟吟地正從走私鹽的傢伙的車上往自己車上倒東西。金小丁看到他的笑，也微微笑了下。他又想到那天的打火機事件，重新跑到公話亭，告訴鹽業公司快點，要不他們就交易完了。

做完這件事，金小丁心裡有點不安，覺得自己做了個告密者。可是又安慰自己這是做好事，東郭先生對蛇好只會讓蛇咬死自己。這麼多鹽，賣到下面村子裡，萬一鹽有問題，那些村子裡的人吃了豈不是要出事？這樣一想，他覺得自己做得很對，是他們幹違法的事情。

十幾分鐘後，警車開進了鎮上。公安、工商、鹽業公司，下來一群人，他們包圍了走私鹽的車和隔壁的鋪子。

好多人圍過來看熱鬧，金小丁也湊過去。滿滿一車鹽已經倒到了隔壁老闆的車上。

怪不得他的東西便宜，打火機說不準也是哪兒來的呢！

走私鹽的老闆和隔壁鋪子的老闆被戴上手銬押了出來。金小丁看見隔壁鋪子老闆的臉變成土色，還扯著嗓子喊，我不知道！這是第一次！金小丁心想活該。他的老婆放聲大哭起來。然後門被貼上了封條。那哭聲，透過門縫小了些。

父親晚上次來，端起桌上金小丁晾好的水喝了幾口。

金小丁揭鍋端東西。兩人默默吃飯。父親的汗味兒和腳臭味兒熏得金小丁難受。

　　他說，隔壁鋪子被封了。咋回事？父親停止咀嚼聲問。買私鹽，和發貨的一起被查了。真的？公家怎麼發現的？金小丁臉上出現得意的笑容。父親把碗一放，臉沉下來，不吃東西了。金小丁說，我也沒錯，是他們幹犯法的事情。父親臉沉得要把那張皮掉下來。金小丁嘀咕著自己沒錯，等父親把飯吃完。父親不吃了。

　　金小丁想隔壁鋪子被封後，自家的生意或許就好做了。父親不用這樣辛苦，他在外邊就更踏實些。這種想法沖淡了他這幾天對父親的不快和離別的傷感。金小丁的心情好起來。

　　這時父親湊過來，跟金小丁搶著收拾東西，他的汗腥味兒也跟過來。金小丁知道父親不生氣了，他躲了躲，說我來吧。父親嘆口氣，退開，打開電視，頻繁地換臺，電視裡想起沙沙的雪花聲音時，父親又從頭按起頻道。金小丁可憐起父親來，他把收拾東西的聲音弄大，壓過了電視裡傳來的聲音，想把自己的這種心情掩飾住。他等待父親把電視的音量調高，父親沒有。

　　金小丁收拾完東西，轉過身來時，父親放下遙控器，彎腰掀開甕，從底下拿出一個塑膠紙包的包。父親彎腰時，金小丁看見他腰上的肉是紅的，上面還有塊瘀青。父親還下意識地用手扶了扶腰。金小丁感覺父親老了。

紙包打開，裡面是薄薄的幾張鈔票。父親說，剛還了人家一筆，家裡只有這麼點了，本來準備攢上還你姨夫的。金小丁說，不要，我不拿，攢下還我姨夫吧。父親把錢放炕上說，出門多帶點錢好。然後說，我去下邊看門，明天你幾點走？金小丁說，七點。父親說，那我明天早點兒上來。

　　第二天早上金小丁一打開門，就看見父親在門口站著。他心裡一愣。父子兩人做飯，麵條。吃飯時，父親說，出了外邊多個心眼，要和別人好好處。金小丁想，你又沒出過門，還用你說？嘴上卻嗯了聲。

　　吃完飯，父親說，我來收拾，你趕緊走吧，別誤了車。金小丁感覺父親好像在趕自己，看看錶，才六點多點。出門時，金小丁回頭望了眼，他知道父親不會送他，心裡卻還是有些期待。父親埋著頭在洗鍋。灶火門沒關緊，幾根沒燒完的硬柴掉出來。金小丁想起母親做手術時家裡的那次大火，快步返回去，把那幾根柴塞進灶火裡，告訴父親他走了以後一定要注意安全。父親嗯一聲，似乎對金小丁這樣叮囑他有點不滿意。

　　金小丁到了派出所門前，已經有幾個人到了，後來又陸陸續續來了其他人。每個人都有人送，只有他孤零零的，金小丁有些傷感。但看到別人興高采烈的樣子，他想出去打工畢竟能多賺錢，說不準還有其他機會，他的心情也漸漸好起來。

　　車發動了。金小丁忽然看見父親。他爬在公路邊那棵巨大的柳樹上，夠掛在樹上的風箏。早晨的陽光照在父親身上，

沒有給他增加半點光輝，反而使他看起來斑斑駁駁，像廟裡年久失修的雕塑。金小丁覺得父親瘋了，這麼大年齡去爬樹搆風箏，要那個玩意兒幹啥用？他擔心父親踩斷樹枝突然掉下來，越想越覺得父親要掉下來，有些膽顫心驚。

5

金小丁走後，金小丁父親真的變得像被遺棄的孩子。

不洗臉不刷牙，穿衣服像綿羊換毛一樣對付，天氣熱了脫，天氣冷了套，脫下來也不洗，放在那兒等天氣冷了再穿。秋涼之後，人們從他身邊走過，隔著幾米遠，還能聞到可疑的味道。

而且，他幾乎捨不得在任何地方花錢。每天吃的菜都是自家院子裡種的那幾樣，到了冬天，頓頓就吃大白菜。

調料除了鹽，花椒大料蔥姜蒜醬油味精等其他調味品什麼也不用。

金小丁父親邋遢又小氣，還因為殺狗身上總帶著陰氣，但人們都歡迎他，因為他愛幹活，只要能賺錢，有活就幹。

金小丁父親和大仙一次次去太原，慢慢地被人們注意上，但沒有人覺得他們有首尾，覺得他肯定是為了賺錢。

倒是一些戴墨鏡的人常來找大仙，讓人們議論紛紛。金小丁父親和他們比，土得髒得像豬，誰也不會覺得大仙能看上他。

金小丁家隔壁鋪子被查封之後，老闆娘到處託人打點，又

交了罰款，幾天後老闆被放出來，鋪子也重新營業。金小丁父親以前覺得同行是冤家，不怎麼到他家去，現在也不怎麼過去，但他對這家人的態度變了，好像他們落了難一樣，每次見面都主動打招呼，不外乎是些吃了沒有、今天天氣不錯之類的話，但他覺得說和不說不一樣，先說和後說不一樣。

那段時期，金小丁父親忙得腳後跟打後腦勺，一會兒在鋪子裡，一會兒在太原，一會兒在糧站裝卸糧食，一會兒在墓地給人家打墓，一會兒殺狗。他像馬站著睡覺一樣似乎總在忙著。而且，他還迷上了樂透。

每天都買兩元錢一注的那種體育樂透。開始他只是憑感覺胡亂買，後來聽說有規律，便更加有了勁頭。他買來白報紙，在上面打上非常細的格子，畫上橫軸、豎軸那樣的坐標。每天把中獎的號碼標在上面，分析它的規律。時間久了，白報紙上面密密麻麻布滿了黑色的小點，像錯落在夜空中的星星。他把它釘在牆上，利用它行軍布陣。他中過最大的獎好像是五十元。好在他從來不多買，每天三張。有幾次他懊喪地說，本來打算買 X、X、X 的，結果買了 X、X、O，只差一個數字。金小丁父親說這話的時候，彷彿五百萬的大獎差點就落入他的口袋裡了。

金小丁去珠三角大概不到半年，戀愛了。春節時，女孩要跟著他回家。金小丁想起家裡亂七八糟的樣子，尤其是不修邊幅的父親，心裡犯怵起來。他給父親打電話，說自己有女朋

友了，要去家裡看看，叮囑父親把自己和家裡收拾收拾。父親在電話那頭答應得吞吞吐吐，問他哪一天回來？兩人很少通電話，父親的聲音聽起來讓金小丁覺得陌生，像生鏽的鐮刀。

提前二十天，金小丁開始訂票，沒想到已經沒有放假那天的了。他心慌起來，回不去咋辦呢？這是他第一次外出打工，還打算帶女朋友回去。他只好往前推，結果買下了放假前五天的票。

金小丁和女朋友坐了二十多個小時火車進入太原，太原剛下過大雪，列車穿行在白色籠罩的城市，從來沒有見過雪的女朋友很是興奮，把臉頰貼在玻璃上，目不轉睛地看。到站是早上八點多，離回金小丁老家的那趟火車還有七個多小時，下雪汽車也不走，他便領女朋友去市裡玩。

一出車站，凜冽的風撲面而來。金小丁擔心女朋友受涼，摟住她的肩膀。她看見廣場對面的雪，拖著金小丁往前走。越過足有四個足球場大的廣場，他們穿過馬路進入條叫「迎澤」的街道。街上已經洋溢著過節的氣氛，路兩邊商舖外面擺滿燈籠、對聯等過年用品，人們臉上洋溢著急匆匆的笑容。路上的雪大概被撒了鹽，變成黑色糖稀樣的東西，被車碾得波浪一樣向兩邊翻滾。金小丁怕把衣服弄髒，對女朋友說，回了村裡，她可以看到真正的大雪。

女朋友卻跑到一截花欄牆面前，把手插進上面厚厚的積雪，快樂地尖叫。

他們進了附近的公園，坐了雲霄飛車，餵了鴿子，出來後已近中午。在馬路邊找了家飯館，坐在臨街的桌子前，邊吃飯邊瞧外面的行人和風景。

　　突然，金小丁看到有個衣著單薄的人一隻手拎著黑色塑膠袋，一隻手拿著餅子邊吃邊走過來。他腿有點瘸，像逃跑好久疲憊極了的狗，餅子閃著鉛樣冷硬的光。父親！金小丁的臉漲得通紅，伸長脖子。父親走到前面樹下，一團雪球掉下來，砸在餅子上，他吹了吹上面的雪，繼續咬下去。金小丁想出去，卻把頭埋下，吃起菜來。菜吃到嘴裡怎樣也嚼不出味道。等父親走遠後，他抬起頭來，眼睛裡蓄滿淚水。女朋友問他怎麼了？金小丁搖搖頭，追出門外，已經看不見父親的影子了。滿大街湧動的都是快樂的人。

　　好不容易熬到開車的時間，金小丁一上車就躲進廁所裡，給父親打電話，沒有人接。

　　車廂裡到處都是人，個個穿戴臃腫，像狗熊，金小丁想，為什麼穿這麼多呢？狠狠地把自己外面的羽絨服脫下。

　　列車走走停停，每經過小站，就停下來，不斷地有人擠上來，車廂裡像渾濁的泥塘，密密麻麻的魚大口喘氣，用勁掙扎。

　　車到金小丁他們鎮的小站，天已經黑了。原野裡大片的積雪仍依稀可見，映襯著人們屋子裡的燈光，金小丁聞到炊煙的香味，他領著女朋友坐上接站車。

　　車進村子，金小丁聞到熟悉的味道，有些激動和害怕。

到了家門口，黑乎乎的，父親不在。金小丁擔心起來。他開門領女朋友進去。滿屋子的灰塵。母親牌位前小碟子裡有只蘋果，不知道放了多久，縮成小小的一團。陽櫃上擺著笸籮、空菸盒、兩張黃紙，地上是亂七八糟的紙箱子和一捆柴。冷，爐子裡沒火，炕也沒燒。金小丁顧不上害臊，脫下外套，生爐子，坐水，然後收拾家裡。

　　突然，他聽到院門響了。小丁，小丁，有人喊。

　　父親進來了，臉色青白，嘴唇上掛著清鼻涕。他徑直朝爐子那兒奔去，問，生著爐子了嗎？然後要接過金小丁手中的抹布。

　　他問，你們說不是還有五天嗎？金小丁才想起改了時間沒和父親說。金小丁給父親介紹自己的女朋友。父親迅速看了她一眼，要去街上買肉。金小丁忙攔住他，從包裡拿出烤鴨、魚絲、牛肉等東西。父親邊往灶火裡傳柴，邊說這幾天下雪，柴放到院子裡溼得點不著。家裡有了煙，有了氣，馬上熱氣騰騰起來。

　　吃飯時，金小丁問父親去太原了？父親點點頭。金小丁問，還是大仙？父親點點頭，讓金小丁給他的女朋友晶晶夾菜。他顯然不願意多談太原這個話題。

　　金小丁和晶晶在家的這幾天，儘管地裡沒活兒，也沒有糧食可裝卸，父親卻總是忙，剝玉米，研究樂透……金小丁望著父親做的樂透圖，問他管用嗎？父親回答，反正也不多買，用

戒菸的錢買這個，萬一中個大獎，不是啥都好辦了？金小丁才發現回家後沒有見過父親抽菸。

　　過完春節，金小丁領著晶晶要回珠三角了。父親默默地看著他們收拾東西，一聲不吭。金小丁心裡慌慌的，像做錯了什麼。收拾完之後，金小丁和父親打招呼告別，父親卻走過來，幫他拎起包。金小丁以為父親只是要把他送到門口，他本來打算叫接站車。父親到了門口，卻沒有停下來的打算，繼續朝火車站走去。金小丁有些驚喜，他和晶晶跟著父親往前走。路上默默的，父親不說話，金小丁也不說話，晶晶也不說話，金小丁恍然覺得他們好像在默片裡穿行，他希望這樣一直走下去。

　　車站到了，父親把包遞給金小丁，說他不進去了，讓他們和晶晶家裡人商量好，定了日子告他。金小丁重重地點點頭，幫父親把領子上的頭髮屑揮了揮。

6

　　婚禮定在五一節。

　　結婚前一天，晶晶已經住到了辦事的那個酒店裡，明天只需把她從酒店接到家裡，舉行個儀式，金小丁和她就是夫妻了。其實，一個多月前金小丁和晶晶已經領了結婚證，結婚只是個形式而已。但世界上，許多事不得不有個形式。只要等上不到二十個小時，大典一舉行，金小丁父親在這個世界上最大的事情就交代了。

金小丁父親愜意地喝著罐頭瓶裡泡著的茉莉花茶，和總領們反覆商量婚禮上的細節。這時三紅頭來找他了，糧站要把一批玉米發往四川。誰都以為金小丁父親不會去，連三紅頭也覺得他不大可能去，可是四川那邊催得緊，他們又人手不夠，不得不來碰碰運氣。

　　沒想到金小丁的父親馬上問總領，說完沒有？總領笑眯眯地說，完了，明天這時候就有人給你做飯了。金小丁的父親便扔下一群幫忙的人要跟三紅頭走。總領開了句玩笑，明年你就要抱孫子了，現在還不享享福？金小丁的父親撲撲自己的衣服，咧嘴笑笑，露出一口黃牙。金小丁憂鬱地望著父親，想說什麼，但什麼也沒有說，跺跺腳。父親穿過鬧哄哄的人群向糧站走去。金小丁看見一團巨大的黑雲蠶繭一樣包裹著太陽，微微的金光從黑雲的邊緣透出，他感覺有種東西要降臨或擺脫，卻猜不出來。他定定地望著那團黑雲和太陽，雲完全遮住了太陽，天空暗下來，幾分鐘過後，太陽又露出金邊，天空馬上亮了。雲走，太陽也走。大團黑色的小蟲子在眼前嗡嗡亂飛，他揮揮手，挪個地方，那團蟲子又跟了過來，他忽然特別煩躁。

　　已經中午了，應該去酒店陪新娘和送親來的人吃飯，可是父親裝糧去了，金小丁不知道到了酒店怎樣和新娘以及她家裡的人解釋，他磨蹭著。

　　太陽終於衝出那個雲團，天空亮得刺眼。那塊巨大的烏雲破抹布似的被丟棄，氣溫越來越高。金小丁抹了把額頭的汗，

跑到門口看看，街上空蕩蕩的，人們都回家裡吃飯去了。幾隻麻雀在水泥地上跳躍著，啄著灼熱的堅硬的路面。金小丁長嘆口氣，從屋裡端出半碗小米，拋向麻雀，麻雀卻嘩地都飛走了。

到了酒店，送新娘來的妗子正在院子裡轉圈，臉上油汪汪的，都是汗。五六輛印著「神木」的拉煤大車正在突突發動，還有兩輛黑色的小車烏龜樣縮在牆根，一隻狗抬起頭來望了望他，繼續刨土。妗子看見金小丁，抹了把臉上的汗，強忍著怨氣大聲問，你爸呢？金小丁看見她張口時，黃牙上纏著道黑色的細鐵絲，像整排牙有道裂縫。本來他心裡還有些內疚，被她這麼一問，也變成了怨氣，大聲回答，別管他，咱們吃吧！

正在看電視的新娘看見金小丁，站起來強裝著笑臉點點頭，金小丁從她臉上看出了不耐煩，知道她有些委屈。

他乾巴巴地說，吃飯吧。

要了四個菜，兩冷兩熱，兩葷兩素，沒吃幾口，大家都說飽了。金小丁勸了幾句，還是沒人再動筷子。這時恰巧門口有位乞丐走過，金小丁呼地站起，把幾乎沒怎樣動過的菜通通倒進盆裡，對乞丐說，給！乞丐伸手接過的那一刻，金小丁忽然想起了父親，他中午怎樣吃飯呢，他一輩子大概也沒有享受過這麼多好菜！不光父親，他也沒有，他傷感起來。

那天下午，應該有許多事，應該很忙，別人家結婚時都這樣。但金小丁他們卻什麼事也沒有，一直在等，他們等著那越來越接近的時間，翻過這道牆，他們將掀開嶄新的生活。他們

等得汗流浹背，氣喘吁吁，但太陽像被定在了天空，怎麼也不落下。金小丁忽然想，要是婚禮提前一天，定在今天多好，現在他就是新郎了。正在這樣想著，一輛平車推進了大門，上面有團黑乎乎的東西，像一堆要被倒在河灘裡的垃圾。一種強烈的不祥感覺衝進金小丁腦海，他快步迎過去。

父親躺在平車裡一動不動。金小丁想，父親死了！他害怕起來。他喊，爸爸！父親緩緩睜開眼，昏黃的眼睛裡淌下幾顆渾濁的淚。他說，本來想給你們添床新被子，結婚啥都沒給你們弄上。他抽搐著把手往口袋裡伸要掏東西。金小丁按住父親，問他，到底咋啦？父親說，樹上有個蘋果。把父親送回來的人說，休息時，他發現糧站的蘋果樹上有個果子沒摘下來，爬上去摘，踩斷樹枝掉下來，大概是把腰扭了。金小丁腦海中出現自己去太原時父親爬到樹上夠風箏的事情，他長長嘆口氣，接過平車來要把父親送往醫院。父親忽然急了，居然嗨一下坐直了。他說，我沒事，歇歇過幾天就好了，別瞎糟蹋錢。金小丁看著父親因痛苦掙扎而變形的臉，說好，好，你躺下，送你回家。

父親回家後，金小丁請來村裡常給人看骨科的馬掌櫃。整個黃昏頓時忙碌了起來。等到馬掌櫃離開後，天已經黑了。金小丁想起未婚妻還在酒店裡等著沒吃晚飯，焦急起來。父親說，你別管我，趕緊去酒店。金小丁沒啥好辦法，他大聲問，你喜歡吃啥？我給你帶回來。父親說，別管我，隨便給我拿點就行了。

金小丁到了酒店，未婚妻和妗子都急著問他父親怎樣了。金小丁回答，馬掌櫃說沒有骨折，只是扭了腰，得靜養。哦！兩人同時說，像明白了什麼。

中午沒有好好吃，大家都餓了。金小丁擱記家裡的父親，又不能早走，想到新娘還沒有化妝，迎親的車還得再去核對時間，心裡亂成一團。

第二天辦事的時候，父親在炕上躺著，拜天地的時候他也沒有出來。送走客人，金小丁和妻子、妗子急急忙忙趕回家，父親看見他們想往起坐，妗子按住他。父親說，小丁，看看晶晶她們想吃啥。金小丁說，剛吃過飯呀。

幾天之後，金小丁單位催他去上班。父親能從炕上起來了，但走路的時候得兩手扶著腰。金小丁沒有辦法，只好走。他叮囑父親好好養傷。

金小丁走後沒多久，金小丁父親就去鋪子裡賣東西，腰還疼，他只能坐著。

又過幾天，人們發現他拾垃圾。他顯然認真動過腦筋，在棍子的一頭綁了個夾子，不用彎腰就能夾起東西，還讓人拿帆布做了個黑色褡褳。遠遠看起來像拄著兩根拐杖。

他只要看見能賣錢的東西，就拾。剛開始金小丁父親使用夾子不習慣，夾子做得也不夠精細，拾個塑膠瓶子也得花好長時間。後來他不斷重複這個動作，不斷改進夾子工藝，連吸在地上的小藥瓶上的橡膠蓋都能撿起來，嫻熟的動作簡直像大

象使用自己的鼻子。他十分愛惜自己的夾子，只要有空就擦拭它，與他邋遢的樣子相比，他的夾子乾淨得過分，總是閃著寒冷的亮光，讓人一看就覺得能把所有東西夾起來。

金小丁父親除了撿能賣錢的東西，還拾糞。現在人們都使用化肥了，有時連自家的茅坑都懶得出，誰還拾糞？

金小丁父親拾糞根本就沒有競爭對手，大街小巷豬羊雞狗和小孩拉的糞便隨便撿。以至於村裡有的人看到糞便，就會想到金小丁父親，就像以前看到狗就想到他。即使是拾糞，金小丁父親的夾子也是乾淨清爽，像外國人吃飯使用的刀叉。

金小丁父親拾來破爛，攢夠一平車就賣給廢品收購站。拾來糞便，卻沒辦法馬上變現，他似乎也沒有這個想法。很快，金小丁父親院裡堆滿了豬糞、狗屎、雞糞、羊糞等各種糞便，而且越堆越高，越堆越大，人們遠遠就能看見五彩斑斕的東西冒出他家的牆頭，走近了，新的、陳的、人的、動物的，各種臭味混合起來往人鼻子裡衝，有時還有幾個糞球瓜熟蒂落般地從頂上掉下來，打在人們頭上。誰要是進了他家院子，視力所及，能看見的都是各種顏色的糞便，只有貼近牆的地方，有條踩出來的小徑，使人相信裡面有人住著。

三個多月之後，金小丁父親的腰好了，他到處包地。

村裡只要有人外出打工不種地了，他就包下來。他還利用晚上的時間在河邊的鹽鹼灘開闢了大片荒地。他把玉米、葵花、穀子、苜蓿、南瓜、芹菜等各種作物種到地裡，再把院子

裡的糞便弄到地裡。在澆地、鋤草、收割等農忙時節，他不僅自己每天待在地裡，而且拿出錢來僱人幫他幹活兒。這種事，在村裡還很罕見，人們覺得這麼小氣的人拿出錢來僱人，不可思議。

更讓人不可思議的是，大仙那麼風流個人，居然與金小丁父親來往很多。她不僅在金小丁父親摔壞腰時經常去探望他，而且在金小丁父親腰好後，時不時與他一塊兒去太原。他們兩個站在一起讓人覺得很是彆扭，大仙白得像藕，乾淨得像剛出鍋的饅饅，金小丁父親黑得像炭，整個人就像漚了的樹椿。

金小丁結婚之後，很少回村裡。有的人說他在外面混得很好，開了公司；有的人說他岳父有錢，已經給他在城市裡買下房子。鎮上的郵差說，他有個屁錢，這麼多年沒見他老子收到過他一分錢。

就在金小丁父親忙忙碌碌，勤儉節約，像蜜蜂、螞蟻等等你能想像出的一切勤勞的小動物，但又活得好像還不如它們的印象已經根深蒂固地烙在村裡人們腦海裡時，他忽然變了。

他講笑話了，講得結結巴巴，內容都老掉牙了，還總是用「從前有個人」開頭，根本不可笑。但他講笑話的樣子很可笑，和魚開始說話一樣。

而且鋪子沒生意的時候，他開始看別人下棋，打撲克了。

他像壓得緊繃繃的彈簧慢慢放鬆，人們很是吃驚，議論他到底怎麼了？

後來才知道，金小丁父親把老婆看病欠的債還清了。

有人便開始數金小丁母親哪一年去世，一數，居然十年過去了。十年，金小丁父親都是這樣苦過來的。人們看他的目光多了敬意。

7

金小丁父親沒有壓力了，但他像輛高速行駛的摩托突然急剎閘，人不可控制地往前飛。

他看到狗，總要去追，感覺那是移動的錢。看到糞，也下意識地要去撿，卻發現沒有帶夾子和褡褲。有次還被狗咬了一口，這在以前是根本不可能發生的事情。金小丁父親感覺有東西從他身上溜走了。村裡的人們覺得金小丁父親少了什麼。

是女人。

這在以前，大家根本不會考慮他會需要女人，現在幾乎所有人都覺得他應該有個女人。

村裡給金小丁父親介紹女人的驟然多起來。

首先上門來的是媒婆。她們總是神神祕祕，瞎扯上半天，然後突然說，那個誰誰死了老漢，已經一年了。接下來便介紹這女人的種種好處。金小丁父親聽到這些總是一言不發，等媒婆說找個時間見見吧，金小丁父親就漲紅了臉，猛烈搖頭。媒婆以為金小丁父親不喜歡這個女人，隔幾天，又上門來，這次介紹的是某某女人，一輩子沒結婚，是個老處女，作風好得

很。介紹半天，金小丁父親還是搖頭。這個媒婆介紹幾次，碰壁之後不再來了。又一個媒婆上門，金小丁父親還是老樣子。還有不死心的又來。

鄰村那個死了三年丈夫的女人，媒婆們足足給金小丁父親介紹過五次。

拒絕的次數多了，媒婆們不再給他提親，一些女人卻主動找上門來。她們大概看中了金小丁父親的老實、吃苦，還有手頭的那幾間房子和鋪子。這些女人幾乎都是金小丁父親的熟人，相互很了解。她們性格不一樣，做派也不一樣。有的直接說，老金，咱們搭個夥計吧，我給你做飯，你養活我。有的則靦腆得多，來了絞著個手，不說話，簡直不知道她來做什麼。有的來了就幹活兒，拿起抹布擦桌子，倒泔水……

其中有一位，是金小丁父親的小學同學，她兒子又是金小丁的小學同學。她曾經是赤腳醫生，家裡總是收拾得一塵不染，散發著酒精涼爽的味道。丈夫得脈管炎去世了好幾年。有一天中午她喊金小丁父親去她家，說要讓他幫忙。金小丁父親多年沒有來過她家裡，一進門馬上被客廳裡的那張大床吸引住了。深藍的顏色，床墊非常高，床單上有個微微凹下去的身體形狀。金小丁父親望望床，望望赤腳醫生，她的臉紅了，轉身進了廚房，碗托、肘子、花生米、雞、魚、炒青菜一一端上來。金小丁父親問，不是有事嗎？女人說吃完飯再說。說話間拿出兩個杯子和一瓶酒，酒居然是汾酒。金小丁父親有些驚

訝。女人把酒打開之後，先給金小丁父親斟滿，然後給自己斟滿。她端起杯子來說，乾，就一閉眼把酒喝完了。結果嗆了嗓子，大聲咳嗽起來。金小丁父親也忙乾了。女人又把兩人的杯子倒滿，說乾，舉起杯子來。金小丁父親看到她的臉上紅暈漫上來，他說你不能喝別喝了。女人沒等他把話說完，酒又灌進肚子，然後又給自己倒。金小丁父親忙把自己面前的酒喝完，去搶女人手裡的瓶子。女人伸出另一隻手，去護瓶子，卻抓在了金小丁父親的手上，兩人頓時都愣住了。

女人倏地臉更紅了，鬆開瓶子，夾起一隻雞腿放金小丁父親碗裡。金小丁父親給自己倒滿酒，夾起另一隻雞腿放女人碗裡。兩人啃完雞腿之後，女人拿起空杯子說，給我倒滿。金小丁父親小心地給她倒了半杯，舉起自己的整杯說，謝謝你。兩人仰頭都喝乾。金小丁父親怕女人喝多，給自己倒得快了起來，左一杯，右一杯，很快就感覺天旋地轉。他說，頭暈。

等他醒過來之後，金小丁父親發現自己躺在大床上。

他一翻身，看見女人在補自己衣服上破了的口袋。她正好綴完最後一針，打個結，側頭用牙去把線咬斷。她的牙又白又整齊，猛地讓金小丁父親想起去世的妻子。他翻身起來，抬頭看見床頭上掛著赤腳醫生和她丈夫的婚紗照。一看就是後來補照的，她的丈夫已經坐在輪椅上，她穿著雪白的婚紗，化了妝，卻掩飾不住臉上的皺紋，比皺紋更明顯的是憂鬱。金小丁父親說，喝多了，喝多了，套上鞋趕緊往外走。女人說，你的

衣服。金小丁父親接過衣服就走。

從那之後，女人又邀請過他幾次，他都拒絕了。而且有次趁女人買菜時，把二百元錢塞進她的菜籃子裡。

第二天，大仙找金小丁父親來了。金小丁父親以為又要叫他去太原。沒想到大仙掏出二百元說，你根本不懂女人。金小丁父親的臉馬上紅了，他認出了那是自己的二百元。大仙說，我覺得赤腳醫生挺好的，完全能配得上你。

她願意，你只要表個態，我給你們撮合，找個日子辦了吧？金小丁父親忙搖頭。大仙問，為啥？你不尿泡尿照照自己。金小丁父親說，醫生挺好，可是我不想對不起小丁他媽。大仙說，都十年了，你怎樣也對得起她了。金小丁父親只是搖頭。大仙呸了一口，氣沖沖走了。

漸漸地，沒有人給金小丁父親介紹對象了，金小丁父親也似乎忘記女人這回事了。

金小丁父親的鋪子成了光棍們的據點，而且他喜歡上了喝酒，整天與這些光棍們混在一起。他們喝的酒是最便宜的高粱白，三塊錢一瓶，有時也喝更便宜的那種裝在塑膠袋裡的酒，兩塊五一斤。他們喝得很多，起步是每人半斤，經常每人一瓶，喝高是常有的事。尤其是金小丁的父親，經常喝高，咧開嘴笑個沒完，彷彿發現了世界上最開心的事情。

沒過多久，金小丁父親就有了紅鼻頭和大眼袋，偶爾還碰得鼻青臉腫。有時，他們去國道邊的小飯館裡喝。每次喝完

後，金小丁父親騎上自行車搖搖晃晃，像蟑螂在飛。有次上個大坡時摔了一跤，他爬起來想繼續騎，腿怎樣也跨不到自行車上去，可能腦子還有些清醒，於是一遍又一遍重複騎車這個動作。有人喊他，他手一揮，做出別管我的意思，繼續專心地做騎自行車的動作，一次次摔倒，又一次次爬起。恰好大仙路過這兒，找人把他送回了家。

第二天金小丁父親醒來，不知道自己怎樣回的家。問別人，人們說赤腳醫生送的他。金小丁父親使勁兒甩腦袋，什麼也想不起來，他嚷嚷著還要繼續喝。

金小丁知道了父親愛喝酒，每年回家時，總要帶幾瓶。人們看金小丁給父親帶酒回來，有人就嘀咕說，快喝死了。金小丁聽不見這話，他擔心父親的身體，但不知道除了給父親帶酒，還帶啥合適。給父親買上新衣服，他不穿，即使過春節也是穿著他常穿的那身舊衣服。給他錢，他不要，給多少退多少。有時金小丁硬塞給他，回城之後，總能在包的某個角落裡找到那卷錢。金小丁一度懷疑父親患憂鬱症了。

金小丁也想過給父親找個老伴，畢竟母親已經去世十多年了。但他無論在電話裡，還是回了家和父親面對面，只要提起這件事情父親就拒絕。金小丁記得自己第一次有些羞澀地和父親談起這個問題時，父親馬上拒絕了。那天父親喝高了，他說，你媽不在了，我不要任何人。金小丁勸他說，我媽再好也走十多年了，你找個人也好照顧你。

父親說，那些女人找我都是為了讓我養活她們，哪個也不如你媽好。金小丁說，爸，你只要願意，養活人家怕啥，我給出錢。父親努力搖頭，斬釘截鐵地說，這輩子就你媽一個了，啥壞事也不幹，只喝點酒。這話說得金小丁眼眶溼潤，心裡亂糟糟的，他拿不準父親是因為掛念母親不想找，還是怕給他添麻煩。

　　金小丁害怕父親面對他抹不開面子，他擺下酒席，請來經常與父親一起喝酒的幾個夥計，趁父親上廁所的工夫，托他們與父親說。他們乘著酒意哈哈大笑，說金小丁一點兒也不了解他父親。金小丁父親這輩子最怕給別人添半點麻煩，現在他一個人了，哪裡會找個女人給金小丁添麻煩？再說，他根本忘不了金小丁母親，每次喝酒都要提起她。金小丁聽著，想起每年春節父親喝了酒，都要對他說，要是你媽還在，看著咱們現在這樣一大家子多開心啊。她可以幫你們帶孩子。你媽沒福氣啊！說著眼淚就流出來，然後越來越傷心，把臉抽成一團，稀里嘩啦哭起來。

　　金小丁心裡苦苦的，他表態，父親只要找到合適的，老了之後，他一定一起養他們。他們哈哈笑著，盯著金小丁看，那表情一看就是不以為然。金小丁想過把父親接到城裡，和自己一起過，可是父親堅決不同意。

　　金小丁去求大仙幫忙，他覺得父親和她有種扯不清的關係，父親或許會聽她的。大仙正在嗑瓜子，一隻小哈巴狗臥在她白嫩的腳上晒太陽。金小丁說了自己的請求，大仙咻咻笑

了，請金小丁嗑瓜子。金小丁捻起一顆，等待大仙說話。大仙說，赤腳醫生那麼與他般配的女人他都放棄，神仙也沒辦法。金小丁呆呆地立在地上，覺得有些怪異。哪裡怪異呢？大仙太乾淨了，進了她家沒有看見一根土毛毛。那只白狗臥在她腳上像白淨的瓷瓶裡插了一支白花。

金小丁只好給父親帶酒，盡量帶好點的酒。每次金小丁把酒帶回家，父親就說，買這麼貴的酒幹啥？你們也沒錢。把酒打開之後，父親又說，平時我們喝的都是三五塊錢的酒，買這麼貴的幹啥，但他說著已經給自己倒了一杯。金小丁和他喝完兩杯之後就不喝了，父親卻還要再喝一杯。金小丁說，爸爸，以後你少喝些，多喝點好的。父親說，我知道。說著端起酒杯來。每次沒有等金小丁回城，父親已經把他帶回來的酒喝完了。

金小丁與父親的交流陷入固定的模式。先是一起喝酒，喝高之後父親思念母親，然後父親哭泣，金小丁勸阻，建議父親再找個女人，父親拒絕，再喝酒。有時這個模式會稍微有些調整，但內容基本不變。每次都是以父親喝醉收場。這時金小丁腦袋也脹脹的，完全被痛苦塞滿。每次回城之後，都會難受好多天。

8

金小丁父親碰掉牙是一次喝高之後。

金小丁接到一個電話，看到顯示的是陌生號碼，根本沒有想到是父親，這麼多年父親從沒有主動給他打過電話。

金小丁接起電話問對方是誰。對方回答，我是你爸爸。金小丁父親掉了牙說話走風漏氣，金小丁沒有聽出他的聲音，以為有人在消遣他，於是生氣地回答，我才是你爸爸，然後把電話掛了。過了會兒，那個電話又打過來。

　　金小丁不耐煩地接起來，生氣地準備訓對方幾句。電話裡說，我是你爸爸。聲音大了許多。金小丁終於聽出像自己父親的聲音，他問你怎麼這麼說話？父親說，我的牙掉了。怎樣掉的，掉了幾顆？又喝酒了吧？金小丁問。金小丁父親說，還能湊合吃飯。金小丁著急了，說你趕緊來太原，我幫你找牙醫鑲一下。掛電話時，他又叮囑父親，換身乾淨衣服，刮刮鬍子，理理髮。

　　金小丁急急忙忙請假，訂火車票，往太原趕。

　　金小丁在太原火車站擁擠的人群中一眼就看見了父親，他太顯眼了，穿的是嶄新的中山服，戴頂藍帽子。金小丁擠過去，聞到濃郁的樟腦丸氣味。中山服上滿是衣服疊放折出來的痕跡，刀刻一樣。

　　金小丁問，這是什麼時候的衣服？父親嘟噥了一句。

　　衣服居然是二十年前為了參加親戚的婚禮，母親專門到裁縫店為他定做的。父親問，這身衣服怎樣？金小丁不知道該怎樣回答，他說，很新。父親得意地用手撣了撣衣服說，去哪兒看？我帶了錢，你光領我找到醫生就行了。

　　父親說話走風漏氣，金小丁以為父親的牙掉光了，後來發

現只是掉了上下門牙，但居然有七顆。金小丁不清楚怎樣磕的，能磕掉這麼多。再三追問下才知道，父親喝多酒摔了一跤，磕掉三顆牙，爬起來後發現牙掉了，非常害怕和絕望，一氣之下，自己用石頭又敲掉四顆。如果不是因為喝得太多，沒有了力氣，說不定會把滿嘴的牙敲完。

金小丁聽著父親的敘述，暗暗心驚，寒意從毛孔滲出來，不知道該為父親做些什麼。

父親的牙鑲好之後，嚷嚷著就要回去，但已經沒有回去的車了，只好住下。父親痛惜地說又要花錢。金小丁說，你老不來城裡，時間還早，轉轉吧。父親說，我老來太原的。說完後悔了，趕忙捂住嘴。金小丁想起父親和大仙來太原的事，他想問問大仙到底讓他幹什麼。他結婚前那年看見父親拎黑塑膠袋的情景湧現出來，他想知道裡面到底裝的是什麼，交給誰。但怕影響他們父子倆現在這份難得的相聚，沒有問。

金小丁領著父親專門在太原熱鬧的地方轉。

他們去了商場，金小丁打算給父親買些合適的衣服，換下這身滿是褶子的中山裝。父親卻死也不肯脫下自己的衣服去試新衣服。他說，好好的衣服還沒穿哩，買啥新的？堅決不要。

金小丁領父親去飯店喝酒，父親喝了一杯就再也不喝了。金小丁勸他，父親說，同樣的酒，這兒的咋這麼貴？

咱喝得越多，他不是掙咱們的錢越多？

他們去劇場看戲。沒過多久，父親打起了呼嚕。金小丁輕

輕用手指捅他，父親打個激靈，猛地站起來，擦擦嘴角的口水問，完了？在金小丁的記憶中，父親很愛看戲，只要村裡演戲，父親不管白天忙得有多累，都要去看。現在名角就在臺上唱，父親卻睡著了。金小丁沒有回答父親的話，而是問，不好看？父親搖搖頭說，太熱。金小丁疑惑地瞪大眼睛說，劇院裡有空調，怎麼會熱呢？父親說，沒風，不如戲場院涼快。金小丁說，唱戲的是名角，獲過全國的梅花獎呢！父親說，好倒是好，可是。他不往下說了。從父親的表情中，金小丁感覺他對臺上的名角不以為然。

從劇院出來，街上人還不少。許多小情侶牽著手慢悠悠地散步。幾個年輕的母親推著童車和裡面的孩子細聲細語交談。賣臭豆腐的攤子前圍滿年輕女孩，嘴上閃著油亮的光。幾位穿高跟鞋黑絲襪的女郎擠在一起，伸出纖細的白手在招車。有的人往閃爍著霓虹燈的酒店、賓館裡走。

突然，金小丁對與父親住在同間屋子過一晚產生恐懼，他想再找點什麼事情打發時間。他突發奇想，帶父親去洗桑拿，幫他找個女人按摩。金小丁想著，就朝四處張望，不遠處有個廣告牌，閃爍的綵燈勾勒出「洗浴中心」幾個大字。金小丁朝那邊走，父親跟在他後面東張西望。走到洗浴中心門口，金小丁領頭往進走，父親不動了。他像生氣拒絕幹活兒的倔牛，手緊緊按住旋轉門的把手，身子使勁往外繃著，臉漲得通紅。金小丁被嵌在旋轉門裡出不去，外邊不斷有小車和計程車停下，客

人看到奇怪的父親和金小丁，從側門裡進去。金小丁示意父親鬆開手，父親不動，額頭的青筋暴露出來。這時保安過來，把父親拉到一邊。父親跺著腳，憤怒地指著金小丁吼叫。金小丁從旋轉門裡跑出來，拉著父親趕緊灰溜溜地離開這個地方。父親真生氣了，一聲不吭。路過幾家閃爍著粉紅色霓虹燈的街頭髮廊時，金小丁伸了伸脖子，父親咚咚往前走了。

回到住處，父親仍然不說話，三下五除二脫了衣服就要睡覺。金小丁說，你洗個澡吧。父親說，不洗。金小丁說，很方便的，我給你放好水，不洗白花錢了。說著，金小丁去了洗手間，打開水龍頭調水。金小丁出來之後，發現父親又把裡面的秋衣秋褲穿上了。金小丁說，水差不多了。父親穿著秋衣秋褲進了洗手間。過了半天，金小丁父親喊，小丁，小丁，水燙死了，怎樣關？金小丁想起父親這輩子也沒有用淋浴洗過澡。他進了洗手間，看見父親黑乎乎的身子像段老樹皮被水氣包圍著，秋衣秋褲和背心搭在面盆上，褲衩上面有團黏糊糊的東西。他伸手把水龍頭往右邊擰了擰，不小心碰了父親一下，父親的身子馬上像蝸牛那樣縮作一團，金小丁也受了驚嚇似的趕緊退出來。

燈光下，父親的中山裝在椅子上聳立著，像冷峻的衛兵。

父親洗完澡出來時，還穿著進去時的秋衣秋褲。金小丁趕忙溜進洗手間，招呼也沒有和父親打。等金小丁出來時，父親已經睡著了。父親的中山裝還在椅子上聳立著，金小丁把它們

按平，鑽被子裡，但衣服上面那深深的摺痕像鋒利的刀片，割得他睡不著，他看見父親又醉了，嘿嘿傻笑著。

第二天父親要去趕火車，起得很早。金小丁陪他吃了早點，往火車站趕。路過廣場時，父親忽然被幾個抽陀螺的人吸引住了，驚喜地喊，毛猴，這麼大的毛猴！

金小丁第一次看見城裡人抽這麼大的陀螺時也驚訝，想起了童年時代。在他小時候，也玩這個，人們叫毛猴。

孩子們砍截樹枝，把一面削成橢圓形，在底部安顆自行車上用的滾珠，就成了，小的僅有拇指大，大的也不過手臂粗。鞭子是用樹枝拴條繩子或布條。可是廣場上這些人玩的陀螺每一個至少有碗口大，還有腦袋大的，抽它們的鞭子至少也有一丈多長，人們掄圓了肩膀，抽得啪啪響。

巨型的陀螺彷彿把父親帶回了童年，金小丁看見父親的眼裡重現清澈的光，像時光倒退了幾十年，在那裡面，他看到了自己的影子，也看到了父親小時候的影子，他們幾乎一模一樣。

廣場上的鞭子呼呼想著，父親下意識地吞著唾沫，抱著膀子的右手不由自主地轉來轉去。

有個陀螺不小心被絆倒，一位光頭拿著鞭子去拾。金小丁走到光頭面前，指著父親，不好意思地問，能讓我爸爸玩玩嗎？金小丁問這句話時，想起了小時候的許多玩具，洋火槍、彈弓、鐵環……每樣東西流行時，父親都會領著他對小朋友們說，能讓他玩玩嗎？

光頭有些不情願，但看到金小丁的父親，他笑了，不情願消失了，把鞭子遞到金小丁父親手裡。金小丁父親接鞭子時，激動得居然把它差點掉地上。光頭教他怎樣發動，陀螺轉起來了，金小丁父親用勁兒抽上去，陀螺轉得歡了，金小丁父親發出爽朗的大笑聲，這是母親去世之後，金小丁第一次看到父親這麼開心、放肆地笑。

　　他問光頭哪兒賣這樣的陀螺，多少錢一個？體育用品商店和南宮都有，光頭回答。金小丁看看表，為難地笑了。他問，您能把這個賣給我嗎？要趕火車。光頭驚訝地望望金小丁，又望望金小丁父親。金小丁的父親抽得正歡，鞭子發出呼呼的風聲，啪啪打在陀螺上，陀螺又平又穩地急速旋轉，上面帶的綵燈發出眩目的藍光，像一圈圈閃電。父親中山服上的褶子不見了，父親笑得稀里嘩啦。

　　金小丁從父親的身影和笑聲中，看見了父親的童年，他迫不及待地開始掏錢。光頭點點頭，衝金小丁豎了個大拇指。

　　父親帶著丈把長的鞭子和巨大的陀螺，隨著金小丁興高采烈上了公車。公車上人不算多，父親選了靠近窗口的位置坐下，把鞭桿豎起來，和陀螺一起緊緊摟在自己懷裡。路過太原的公園和古建築時，金小丁指給父親看，父親心不在焉地瞄瞄，目光又回到陀螺上。後來，公車上人越來越多，父親把鞭桿和陀螺越摟越緊，金小丁想到抱窩的母雞。忽然，公車司機喊，那位同志，把你的鞭桿放下去，小心捅著人。金小丁的臉

紅了，他示意父親把鞭桿放下來。父親擺弄了一下，碰著了前邊人的肩膀，那人翻過臉來看了看金小丁父親。司機說，把那個放平，平放著。金小丁從父親手裡接過鞭桿，往地上放時，碰了很多人，他大聲嚷著對不起，還是引來幾聲責怪。忽然父親站起來大聲說，咱們下吧，別讓他們踩壞。父親的方言引來更多人的注意，父親根本不管這些，他從金小丁手裡往過拿鞭桿，捅了好幾個人。車上傳來哎呀哎呀的聲音和咒罵聲。司機猛地把車停了。金小丁父親拿著鞭桿往車門那兒擠，邊擠邊說，明明好好的，非要讓放平，放平，能放平嗎？他生氣地說。金小丁跟在他後面，抱著拳衝大家說對不起。

下車後，還有好幾站。這麼長的鞭子，估計計程車也放不下，金小丁自言自語道。父親說，走唄，不信走不到，往哪邊走？金小丁指了指東邊。父親拿著鞭桿和陀螺拔腿就往東邊走。

金小丁跟在父親後面。小時候父親領他看電影、趕集、割麥子……的情景一幕幕湧上金小丁腦海。他跟在父親後面，大步往前走。路過他多年前和妻子吃飯的那個地方時，金小丁安心了，他知道不會誤車了。飯店的面貌已經煥然一新，裡面坐著七八個人，有對夫妻就像他們當年那麼年輕。他想起父親拎著黑色塑膠袋吃餅子路過這個窗口的情景，他想喊父親進去，請父親吃點東西。父親已經拿著鞭桿走前去了，金小丁跟上去。

遠遠地，他看見太原站樓頂上的大鐘，沐浴在金色的朝陽下，時針和分針形成巨大的倒 V 字形，白色的鴿子在天空飛。

9

金小丁父親回到村裡，剛過中午。大仙迎面走來。她朝他親切地笑了笑，金小丁父親也朝她笑笑，這麼多年來，他們養成了默契的關係。金小丁父親發現大仙不住地打量他，有些害臊，問道，看啥呢？大仙說，怎麼一下子變年輕了，是不是進城約哪個女人去了？金小丁父親忙擺手，哪裡呢，我誰也不找。他申辯時露出剛鑲上的牙齒，雪白耀眼。這種白順著他的嘴唇蔓延到臉上，他整個人像被 84 消毒液浸泡過似的，乾淨清爽了許多。就連他的中山裝，整齊得也讓大仙詫異。大仙和他逗笑了幾分鐘，這是他們認識多年來最長的談話。大仙還被金小丁父親提在手裡的鞭子吸引，笑問了一句說，你這是去趕羊呀？然後發現了他的陀螺，不知為何，笑了半天。

金小丁父親看見大仙拿著串鑰匙，在手裡拋來拋去，有把鑰匙特別大，像把小寶劍。他問這是什麼鎖子上的鑰匙？大仙裝作沒聽見。金小丁父親覺得自己唐突了，不該問這個，便清了清嗓子問，你這是去哪兒？大仙含糊地回答一句。金小丁父親沒有多問。這麼多年來，他習慣了她這種神祕。

金小丁父親拿著他的長鞭和陀螺，徑直去了鋪子。

鋪子前幾個老光棍正在閒聊，他們習慣了待在這兒，儘管金小丁父親不在。

他們看見金小丁父親的陀螺和鞭子，都歡呼起來。這麼大

的毛猴！他們都嘖嘖稱讚。有人拿過金小丁父親手中的鞭子和陀螺，在鋪子前的街道上就要抽。金小丁父親忙過去教他怎樣發動。儘管他是第一次，動作笨拙，還是讓陀螺轉起來了。馬上引起了人們的驚嘆。

還是大毛猴穩！

你說抽一鞭子能轉多久？

它碾到人腳上一定很疼。

……

人越圍越多，過往的行人和車輛故意繞到路旁走，害怕撞到這只陀螺。

幾個老光棍爭搶著玩，他們臉上散發著老年人很少出現的天真無邪的笑容，連皺紋都舒展了。金小丁父親開了鋪子門，端來大茶缸，倚在門口，邊喝水邊笑著看他們玩。

黃昏時分，這幾個人還在玩著，他們力氣用得差不多了，陀螺轉起來有些有氣無力，搖搖擺擺。看的人也少了，幾個放學的小孩兒手中拿著遊戲機，好奇地瞧了瞧，結伴往東走去。

忽然，街上騷動起來，不知道從哪裡開始，一波一波傳過來，抽陀螺的人感覺到了不安。幾分鐘過後，人們說大仙在大柳樹下被人潑硫酸了。很快，街上的每一個人都說大仙在大柳樹下被人潑了硫酸了。人們都朝大柳樹奔去。

金小丁父親關了鋪子門，和幾個光棍朝大柳樹奔去。

他總感覺幾個夥伴的步子走得慢，催他們快點，快點，再

快點。後來他等不及他們，一個人先走了。他腦海裡不時出現中午見到大仙時，她手裡一拋一拋的鑰匙串，那把特別大的鑰匙在他眼前晃來晃去。他想當時知道這是什麼鎖子上的鑰匙就好了。

　　遠遠看見大柳樹了，金小丁父親再加快些速度，幾乎奔跑起來。一群黑色的鳥在柳樹上空盤旋著，哇哇亂叫。

　　金小丁父親趕過去，擠進人群，看到柳樹前有塊地上翻騰著褐色的細小泡沫，那麼一小塊地方，像撒了泡尿，不注意就錯過去了。但卻讓他心驚肉跳。沒有見到大仙。金小丁父親壓住心頭的驚嚇問，大仙呢？有人回答，送到縣醫院了。又有人說，估計得去市裡或太原。金小丁父親待在人群中，聽人們議論剛才發生的事情。

　　有人說下午三點左右，看見大仙在大柳樹下彷彿等什麼人，他還以為她等去太原的車。金小丁父親想，三點，自己剛和她見過面，要是多和她聊會兒，或許就不會發生後來的事情了，他開始自責起來。

　　有人接著說，四點鐘我去挑豆漿時，看見她還在樹下，手中拿著把鑰匙，不停地拋來拋去，顯得有些不耐煩。

　　鑰匙呢？金小丁父親問。沒人搭理他。

　　五點多我路過那兒時，她還在，也是手裡拿著把鑰匙，心不在焉。我還想問問她等誰，忽然過來輛車猛地停在她面前。車上下來兩個戴墨鏡的男人，讓大仙跟他們走，大仙不走，其

中一個就從車上拿出一桶東西，朝大仙頭上潑去。潑完就開上車跑了。那個車是黑的。那個桶也是黑的，剛才還在這兒，哎，哪兒去了？

天漸漸黑下去，鳥回到樹上。

金小丁父親拿著手電筒，又來了。那攤泡沫不見了，那塊土地明顯比其他地方顏色深。金小丁父親伸出腳踢了踢，灼燒的感覺從鞋上傳到他腳上。他打起手電筒，認真找起來，找了半天，沒有找到那串鑰匙，也沒有找到人們說的那只桶。

回家的路上，一隻黑狗猛地從金小丁父親身邊躥過，金小丁父親嚇一跳，尖叫一聲，狗也嚇一跳，尖叫一聲，村裡許多狗接著大聲吠叫起來。村道上沒有其他人，路燈慘白的光照得村子越發寂靜。水泥路許多地方起了皮，露出窗口般的洞，看起來髒兮兮的。金小丁父親想，它們鋪上才沒幾年。

第二天早上五點多，環衛工打掃街道時，看見金小丁父親在鋪子前抽陀螺。不知道他幾時開始抽的，臉已經變得刷白，上面滿是汗。他的中山服脫了，掛在門把手上，裡面穿的秋衣被汗浸透了，出現深一道淺一道的不規則痕跡。他注意力都放在陀螺上，牙齒咬得緊緊的，根本沒有注意到環衛工。環衛工喊了他幾句，金小丁父親沒聽見。

他的皮鞭發出呼呼的風聲，每次抽在陀螺上，陀螺都震一下，然後跳起來，轉得更歡了。環衛工等了幾分鐘，最後只好放棄了打掃他門前這塊地方。

半上午時分，金小丁父親去了大仙家。大仙的門緊鎖著，他趴到門縫上往裡瞧，晾衣繩上掛著幾件衣服，在風中飄來飄去，有件粉色的內褲掉在地上，粉嘟嘟一團，像只未長毛的小雞。金小丁父親嘆口氣，走了。

第二天，金小丁父親又過來，那條內褲不知道被風吹到哪兒去了，地上掉著件長袖衫。

此後，金小丁父親每天去一次，大仙的門始終鎖著，那些晾衣繩上的衣服陸陸續續掉下去，隔上一天，或者兩天、三天，就不見了。

村裡的人們開始還在議論大仙，有的說她完全被毀了容，躲到廟裡當尼姑去了；有的說她到韓國整容去了；有的說她臉上只剩下個鼻孔，不敢出來了。慢慢地，沒有人提她了。

人們看到金小丁父親像變了個人，他總是在抽陀螺。

沒過幾個月，他的鞭桿磨得光溜溜的，陀螺上有了層油光的包漿。他走到哪兒都帶著自己的陀螺和鞭子，像帶著個小娃娃。他的身體和氣色也明顯好了起來。

慢慢地，有了第一個，很快第二個、第三個，村裡的每一位老頭都人手一個陀螺。每到黃昏，街上到處都是抽陀螺的老頭。他們興高采烈，眉飛色舞，皮鞭舞得劈里啪啦響，像過年時放鞭炮。很快，周圍的村子都知道這個村子裡的老人們抽陀螺，他們帶著新奇的心情來到這裡，都被巨大的陀螺和老人們敏捷的身手震驚，回去之後，都想辦法買這種陀螺。很快，這

個地方老人們都在玩陀螺。人們發覺他們越活越開心。

夏季快要過去時，突然下了一場暴雨，所有的巷子都灌滿了水。水往人們院子裡灌去。家家戶戶拿了鍬，用沙子、石頭、泥塊在門口築起壩，擋水。金小丁父親去大仙家看，水漫進了她家院子，渾濁的水面上飄著稻草、麥稭、白色塑膠袋、五彩斑斕的泡麵袋子，金小丁父親瞧了瞧，垂頭喪氣返回家裡。

天晴之後，大水很快退了下去，街道上留下些淤泥和垃圾，空氣中散發著腥味兒。金小丁父親去大仙家看。她家院子裡也是黃黑色的泥，在這片泥濘中，他忽然看到一件粉紅色的東西，一角露在上面。他心跳快了起來，搬了塊石頭，在大仙門口坐著。

下午，大仙忽然回來了。她戴著口罩，圍著圍巾，把自己裹得密不透風進了村子。快要過去的夏天，彷彿一下停住了。

金小丁父親跟著大仙進了院子，拾起泥裡面的內褲，然後在牆角發現了其他掉下來的衣服。他埋頭去拾，忽然聽到一聲自嘲的冷笑，大仙進了屋子，插上門。金小丁父親抱著這些衣服走到門口，要敲門，想了想轉身走了。

他回了家，把這些衣服洗乾淨。然後買了隻雞，燉起來。

傍晚時分，金小丁父親端著雞湯，抱著衣服，朝大仙家走去，村子裡到處是劈里啪啦抽陀螺的聲音。

幾天後的一個晚上，人們忽然聽到打麥場方向傳來熱烈的舞曲。它不停地迴響，撓的人心裡受不了，許多人趕過去看。

打麥場上亮著燈，錄音機燈光一閃一閃，放著舞曲。

兩個人在跳舞，前面那個是女人，捂著頭巾，黑色緊身衣，高跟鞋。身影像是大仙，仔細看幾眼，確實就是，她那股騷勁兒，村裡別的女人沒有。她的舞跳得好極了，揚手，轉身，甩臀，都漂亮、嫵媚，弄得人心裡火辣辣的，那清脆的高跟鞋敲打在水泥地上，像小錘子在人心上敲。

後面跟著跳的是金小丁父親，他穿著布鞋，褲腿還在褲管那兒挽著，隨著音樂亂扭，根本看不出有什麼節奏，別提有多難看了。人們指畫著，哈哈大笑。這兩個人似乎沒有聽到人們的笑聲，繼續認真跳著，一個是那麼優美高雅，一個那麼笨拙難看。人們開始只是覺得兩人搭一起難看，看久了，竟覺得裡面有種說不出的和諧。

第二天晚上，當音樂響起來之後，更多的人跑出去看。大仙還是圍著黑頭巾，看不出臉成什麼樣子了，但她的舞確實跳得好，簡直不像村裡的女人跳的。金小丁父親跟在她後面繼續亂扭，惹得人們哈哈大笑。一首舞曲結束了，大仙走到錄音機跟前，去喝水。金小丁父親還在認真學著剛才那幾個動作。沒有了大仙的領舞，他時不時忘掉動作，跳到一半時返回去重新去跳，像放電影不停按倒進按鈕。

大仙喝完水，音樂又開始了。金小丁父親馬上停止剛才的動作，豎起耳朵。等舞曲一響，跟著大仙跳起來。這個曲子他更不熟悉，哪個動作都比大仙慢，開始差半拍，還能勉強跟

上，後來越差越多，就胡亂扭了起來。但他扭得很認真，一點兒也不笑。

一曲接一曲，大仙和金小丁父親跳下去，有幾個別的女人加入了，她們跟在大仙後面，金小丁父親自覺退到她們後面。慢慢地，越來越多的女人加入了，前面一片都是女人，只有金小丁父親一個老頭，跟在最後面。女人大概都有跳舞的天賦，她們沒有大仙跳得那麼好，但都比金小丁父親跳得好。看起來，像金小丁父親跟著一群女人跳。

幾天之後，大仙摘下頭巾。她的臉幾乎全被毀，鼻孔燒得沒有了，剩下兩個洞，臉上全是疤，耳朵一隻剩下耳垂，一隻只有個禿椿，只有眼睛裡偶爾閃現出嫵媚的柔波，讓人相信這是以前的大仙。她的神情比起以前更加冷傲，但村裡人對她似乎柔和多了。

金小丁父親每天吃過晚飯，興沖沖提上錄音機來到打麥場。這時通常還沒有別人，他放開音樂，一招一式認真練習。

慢慢地，來的人越來越多，大仙來了之後，大家就開始一起跳了。村裡女人們跟在大仙后面，金小丁父親跟在最後面。很長時間過後，金小丁父親還是跳得很難看，看起來根本沒有跳舞的天賦，但他樂此不疲，似乎很享受這個時刻，每天第一個來，最後一個走，從來都是興奮地手舞足蹈，像個孩子。

村逝

　　星期一上午十點多，宋遼的電話響了。政府辦讓去接人。宋遼對正在向他反映問題的幾個村民攤開雙手，苦笑著說：「看，又是上訪的，去縣政府了。你們等等，我去接人。」一個剃著小平頭的人說：「宋書記你不會躲我們吧？已經找你幾天了，好不容易逮著。」宋遼說：「我每天都忙啊，不是不接待你們。」有一個人說話更不客氣，「你要是當縮頭烏龜躲我們，明天早上我們就去縣委大院堵門。」

　　「我接上人就回來，你們在我辦公室等著。」這時政府辦的電話又響了，催他趕快過去。宋遼吩咐文印員給上訪的幾個村民倒水，他把抽了一半的芙蓉王丟在桌上，說：「我接上人就回來。」出門前，那些人又叮囑他：「快點回來啊，你不回來我們不走。」

　　宋遼遠遠看見縣委縣政府大門口堵滿人，外面停著幾輛小車，還橫七豎八停著些摩托和自行車。宋遼囑咐司機把車停在人大門前，悄悄問人大看門的老頭發生什麼事了？老頭說一個小孩在新城的馬路上耍滑板，讓車撞死了。宋遼「哦」了一聲。他和政府辦的文主任接上頭，文主任領他擠進人群，在門洞裡，宋遼看見一個八九歲的男孩直挺挺躺在一塊門板上，穿著一身天藍色的校服，面孔像塑膠一樣僵直，鼻孔那兒還在慢慢

地往出滲血。旁邊一個女人又開大腿坐在水泥地上，頭髮又長又亂，不停地哭，我的兒啊，你好命苦，你怎麼就丟下我走了呢？宋遼的眼圈發紅，感覺很難過。女人身邊還有一個男人，蹲在那兒，抱住頭一聲不吭，不時用手擦一下鼻涕，抹在鞋上。

　　文主任說：「你們鎮上書記來了，你們跟他走吧，有什麼事讓鎮裡和縣上協調。」宋遼說：「跟我走吧，先把小孩找個地方安置一下。」女人突然站起來，「你能還我娃娃嗎？什麼世道啊，說是建新城，徵下我們的地，光是修了條路就什麼也不動了。我們農村，要那麼寬的大馬路幹什麼？你們弄好路也不派交警，也沒人管理。我的娃娃都是你們害死的。」宋遼望了望外邊，今天應該是個好天氣，青天紅日，天空藍得一絲雲也看不見。他說：「建新城是縣委縣政府的決定，也是全縣人民的期望。工程進展慢，是因為地徵不下來。」女人忽然蹲下去，爬在兒子身上大哭：「兒啊，你都是讓他們害死的，讓他們害死的。」文主任說：「小孩死了我們也很難過，你生活上有什麼困難可以向政府提出，交通事故你應該找交警隊和肇事司機，你覺得小孩的死政府有責任，可以向法院起訴。」女人說：「向法院起訴要錢啊，我們沒有錢。撞死人的車也跑了，一個警察也沒有。我們不找法院，不找交警隊，就找政府。」旁邊人群裡也有人喊：「就找他們政府。」文主任搖搖頭，拍了一下宋遼的肩膀，宋遼跟在他後面擠出人群。身後的哭聲又大起來，「兒啊，你可憐啊！」

文主任說：「等吧，看他們啥時沒勁了提條件。」「等吧。」宋遼摸摸口袋，才想起剛才把菸放在桌子上了，他對身後的黨委祕書說：「去買兩包菸。」祕書把煙買回來，宋遼給文主任塞了一包，拆開一包，先給宋主任點了一根，給祕書一根，說：「你回去告訴上訪的，我回不去了，讓他們明天八點上班後來，最好把反映的問題準備成材料。你再給在鴻運訂桌飯。」宋遼對文主任說：「中午我請政府辦領導吧？」文主任說：「又吃你了。」宋遼說：「多謝你及時通知我。」

　　圍著的人群漸漸散了，又有新的路過的人圍上來。女人的嗓子已經沙啞，痴痴地看著兒子。她的表情也慢慢僵硬起來，像一塊硬邦邦的樹皮，上面有些地方沾滿土，被蟲蛀了一樣。

　　中午的時候，縣委縣政府大院的車都從後邊一個小巷子裡走了，院子一下空了。看熱鬧的人也沒有了，只剩下那個小孩一家人和幾個親戚。

　　宋遼對文主任說：「你坐我的車吧，打電話招呼上弟兄們。」他們走的時候，那幾個人好像都沒了主意，看他們的目光有些恨意。宋遼過去對那幾個人說：「都中午了，領導都走了，跟我走吧，有啥條件我和縣裡匯報。」男人們的目光猶豫起來，女人撲起來，「不，我們就不走。」

　　宋遼和文主任他們吃完飯，心裡擱記著堵門的那一家人，匆忙趕回來。門口只剩下女人和男人，那些親戚們也不在了。地上放著喝剩下的半瓶水和半塊麵包。宋遼說：「跟我回吧，

你們在門口堵一百天也沒用，最後警察會出面。小孩出事，也不能全怪政府，該咋還得咋啊。」男人的目光有些茫然，說：「我的孩子就這樣沒了？」「這不由人，該怎樣就得怎樣，想辦法吧。」女人像被蛇咬了一下，說：「想辦法？你倒是給想個辦法。」抱住孩子又哭起來。宋遼給男人一根菸，說：「你勸勸女人。」

　　宋遼覺得心裡有些堵，要建新城都三年了，地還沒徵完。縣裡讓他到陽關任職，因為他在企業當廠長時，工作做得很硬。可是農民和工人不一樣，他們不相信政府，也不相信法律，每件事情還都想透過政府解決，什麼事情都來上訪，他這個黨委書記快成信訪局局長了。

　　下午，機關上班的人少了，偌大的院子空蕩蕩的，門口兩株槐樹的葉子光禿禿的。以前這兒是兩棵唐槐，可是去年死了，有人說是大院路面硬化弄的，具體原因也沒有人去查。事務局又從市園林辦買來兩棵，栽的時候正好是冬天，用塑膠布包得嚴嚴實實，很高大，人們不知道是什麼樹，後來才聽說是槐樹。宋遼去了鄉鎮特別忙，每次來大院匆匆忙忙，竟沒有注意它們，現在它們這樣子，宋遼不知道是春天沒有發芽，一直這樣，還是剛把葉子落完。一年，眨眼間就過去了。

　　宋遼覺得門口這兩個人可憐，但是他們這樣做絕對不對。以前對待這種事，他毫不手軟，該怎樣就怎樣。現在學會拖了，好多事情都是拖著拖著不了了之的。

下午看熱鬧的人少，沒有人推波助瀾，這兩個人比起上午，勁頭小了。這種事情，一定背後有人指使，一般老百姓不至於來堵縣委縣政府大門，因為這裡畢竟不是鎮政府。堵門，這需要有多大的勇氣，還得冒著被人戳脊梁的危險。宋遼想，該有個人來了，再遲誰都不好下臺，還有許多事情要協商。可是男人和女人好像都呆了，木木地看著他們的孩子一動不動。宋遼嘆口氣，給馬堡的村支部書記馬勝利打電話：「你到縣委門口，找輛工具車。」馬勝利說：「他們到縣委了？」宋遼鼻子哼了一聲，沒有回答，心裡卻生馬勝利的氣，知道他們來縣委，還不攔住，也不早點通知他。掛了電話，宋遼又覺得叫馬勝利來不大妥當，上午來的那些人都是反映他的問題，要是小孩的家長和他是對立方，矛盾是不是會攪和到一塊？他給馬勝利打電話，想把事情先問清楚，可電話嘟嘟響著，沒有人接。宋遼心裡生氣，又點了根菸。

　　他發覺自己最近抽菸越來越凶。醫生告誡他一定要戒菸，心裡也下過決心，但一有事就想吸。

　　宋遼剛把菸點著，馬勝利就從他的帕薩特上下來了。宋遼沒有想到馬勝利這麼快，懷疑他一直就在旁邊躲著。馬勝利還帶著村裡的會計，笑呵呵地說：「宋書記好，這兒的事交給我吧，我來做工作。」馬勝利有這種態度讓宋遼心裡一暖，問：「你找工具車沒有？」「馬上就到。」說著他和會計馬步跑到那家人面前，說：「你們這是胡鬧，怎麼跑這兒來了？有啥事可以找

171

村委，找我呀。」男人的表情還是很僵硬，說：「我們的娃娃沒了。」「娃娃沒了再想辦法，堵這兒能讓娃娃活過來？你看娃娃多可憐，快把他弄回咱們村吧。」馬勝利邊說邊抓住門板一邊，馬步抓住另一邊，工具車正好開過來，停在門口。兩個人抬起門板往前走，男人呆了，望老婆。女人抓住門板說：「我們不走。」「不走能怎樣？我還要陪你們去交警隊呢！人沒了，只能想辦法多拿點賠償。」女人猛地哭了，歇了半天，新積蓄起的力量一下都爆發出來，聲音猛烈而悲慟，有些歇斯底里，「娃娃，娃娃。」又猛地停住，盯著馬勝利問：「你答應我們的事能辦？」「辦，馬上辦，不辦你們還能再來堵呀。」馬勝利和馬步把門板放工具車車廂裡，男人像被一根線牽著，也跟著上去，女人在後面爬了幾下，沒爬上去。馬勝利抓住女人的肩膀說：「坐我的車吧。」馬步扶著女人向帕薩特走去。馬勝利對宋遼說：「宋書記，我們回去，明天向你匯報。」「你不是胡亂答應人器具麼吧？」「宋書記你放心，絕對不違背原則。」宋遼揮揮手。馬勝利說：「再見。」

宋遼感覺很煩，司機把他的桑塔納開過來，打開車門。

宋遼說：「你先走吧，我自己轉轉。」宋遼開上車，一出城，加大油門奔起來。

第二天早上七點多的時候，宋遼被電話鈴吵醒。住在單位的司機說馬堡上訪的人現在就來了，有二十幾個，還打著條幅，問要不要過去接他。宋遼想想說：「來吧，昨天和他們說

好了。」宋遼掛了電話，又撥通馬勝利的，問：「昨天的事情處理得怎樣了？」「他們答應把娃娃埋了。」「你答應人什麼條件了？」「我一會兒正要過去向你匯報。他們要塊宅基地。」「你們村還有地方嗎？」「我答應人家了，想辦法吧。」「你上午不要過來了，有人反映你的問題，你迴避一下。把昨天的事一定要妥善處理好，最好早點督促他們把孩子埋了。」「那我就不過去了，宋書記你有什麼事電話通知我。」宋遼穿好衣服，洗漱好，妻子把面端上來，吃完麵，司機按門鈴。

　　一到鎮政府門口，宋遼就看見一大群人堵在門口，有兩人打著一個白布寫的條幅，上面寫著「懲治腐敗，剷除惡霸」。宋遼心裡有些發火，覺得這些人做得有些過分。他的車到了門口，人群讓開一條路，然後人們跟著他進了院子，上樓，進辦公室。宋遼說：「你們把反映材料整理好了？」

　　領頭的那個小平頭從口袋裡拿出幾頁影印好的材料。宋遼看到上面寫著「懲治腐敗，剷除惡霸 —— 馬堡村支部書記馬勝利犯罪紀實材料」，下面詳細列著十項內容，後面是眾人的簽名和手印。宋遼說：「我們會派人詳細調查的，有了結果一定做出處理，你們等通知。」小平頭說：「您是書記，忙，還是我們來吧，再過三天，您能給我們個結果嗎？」

　　「三天太少，你們反映這麼多問題，我們得一項項調查清楚，見當事人，下星期一你們來吧。」「好，我們下星期一來，到時沒有結果，我們去找書記、縣長，再不行去省裡、北京。」

馬堡的人走後，宋遼叫來包這個片的副書記和紀檢書記，讓他們在星期五之前一定要把村民反映的問題逐一調查清楚，形成書面材料。

　　這些人走後，宋遼把自己反鎖在辦公室裡面，拿出馬堡徵地情況的報告。這時他聽見外面車響了一下，從玻璃上看到馬勝利的帕薩特進了鎮裡。過了不到一分鐘，門外響起敲門聲。宋遼苦笑一下，開門。勝利一進門，就隨手把門鎖上。問：「那些人告我？」「反映問題。」「球，他們想幹讓他們幹去，我早不想幹了。」「你不要急躁，事情要認真調查，沒你的問題你繼續給咱好好幹，有你的問題想躲也躲不了。你現在不要有包袱，結論出來之前該幹啥還得幹啥。」

　　「幹，怎樣幹呢？你說我昨天答應給人家宅基地，現在人們告我亂批宅基地，我到底給不給人家呢？」「這個尺度你自己掌握，不能違規操作。」「啥都照規矩，我幹不來。這幾年上面沒有土地指標，宅基地還不都是村委批了，村民蓋起來，土地部門罰點款了事？」「咱們不談這個，你弄好就行。新城的地徵得怎樣了？」一聽這個，馬勝利的火來了，「政府沒有規矩，新城周圍老百姓自己賣給開發商的地，一畝二三十萬，政府徵一畝三萬多，老百姓都不讓徵，嫌錢少。」「徵地補償國家有標準，前幾年三萬不也徵了些嗎？」

　　「那時開發商少，老百姓也不知道地值錢，一畝玉米一年純收入頂多兩三百元，三萬塊錢得種一百年玉米。現在誰都知

道地值錢，有塊好地就等於存著一大筆錢，誰想賤賣呀？以前讓徵了地的人家也後悔了，還想往回弄呢。」「有情況你及時反映，鎮裡也打報告，讓縣裡嚴格控制新城周圍的土地。」「誰也管不了。那些開發商都有硬背景，要不沒有土地手續就敢先買地？這爛村幹部，村裡沒錢的時候誰都不想當，現在都眼紅了。」宋遼讓他低調些，情緒穩定些，到村裡不要亂講話。可他也清楚馬勝利說的是實話，新城周圍嘩嘩起樓，誰看不見啊，鎮裡也出面攔過，能攔住嗎？馬勝利激動地說：「老百姓能踢起多大的土？他們背後有人在指使，你們應該調查一下馬刀和老書記。」「我們知道怎樣開展工作，這幾天你要積極配合，一不能在村裡說打擊報復的話，二不能把工作撂下不管。」

送走馬勝利，去縣裡開會的鎮長回來，說：「馬堡那些人鬧到縣裡了，到處發傳單。」他把一份給宋遼看，宋遼的臉陰沉了。馬勝利在馬堡當了十幾年村幹部，這個村子一直是紅旗黨支部，是陽關的一面旗幟，也是全縣農村建設的一面旗幟。馬勝利多次被評為省、市、縣各級模範。

宋遼剛來時，去下邊視察，看到馬堡的支部和村委辦公室牆上掛滿了獎狀、錦旗。現在，馬勝利在馬堡建占地十畝的全縣最大的農民文化廣場，還沒完工，已經成為縣裡新農村建設中的亮點工程，省市領導多次來視察。這個紅旗在自己手裡要倒下嗎？

宋遼讓副書記和紀檢書記先去馬刀和老書記家調查。馬刀

不在，打電話約好才回來。一進門，馬刀說：「這幾天我出了點事，不敢回家，在外面躲著，不是你叫我不回來。」

副書記問：「啥事情，了結了嗎？」「買了輛黑車，讓人告了，公安局把我帶走，先交了罰款被保出來了，車也沒收了。誰知道以後有沒有麻煩？」「人們告馬勝利的事你知道嗎？」「知道，但我沒有參與。」馬刀一下警惕起來。「你知道怎麼回事嗎？以前好好的，為啥一下鬧這麼大？」「不知道。可能是馬勝利惹的人太多了。我們村人賭博經常讓抓賭，抓了之後都是馬勝利馬上知道消息去保出來，後來人們才知道都是他告的。」馬刀的聲音有些怨毒，「而且他也太貪，膽子太大。國道旁那麼多地方，他都批給他的親朋五六，他小舅子批下賣了還給批，沒房住的人一間也弄不上。

以前村裡做磨房的大院子，他弄成自己的，開了煤廠，人們估價現在最少值二百萬。」鄉鎮的兩個領導吸了口氣，說：

「這些問題我們會調查清楚，告狀的事你沒有參與？」「沒有。」馬刀一口否認。

接下來陷入沉默。馬刀忙亂著給他們倒水削蘋果。馬刀的老婆接上放學的閨女回來了。

副書記說：「希望你不要參與告狀，背後能做點工作做點工作，以後你還是下一任書記的重點人選。」馬刀說：

「是，我可以壓這件事，但恐怕沒有用。」沒想到馬刀的老婆一下爆發了，「我們想當，肯定是想當，從民兵連長、副主

任、主任一直幹，村裡誰說過馬刀個賴話，多難做的工作不是馬刀出頭？一肩挑的時候，當時馬刀要競爭書記，馬勝利悄悄和馬刀說，他已經當了二十年村幹部，想轉成國家工作人員，聽說上頭也有這個政策。他再幹一屆無論能不能弄成，他也不幹了，讓馬刀接班。他一肩挑後，馬刀當村委副主任，還行使村委主任的權力。可是他當上後，啥時給過馬刀權，不給權我們也不爭，他不要胡來。那天開會也不和馬刀事先通個氣，那麼大的事，讓馬刀同意。馬刀事先啥也不知道，喝了酒，一生氣，把會攪了。晚上公安局的就來了，說馬刀買贓車，把他帶走了。馬刀買贓車，只有馬勝利知道。贖馬刀的人向公安局打聽，就是馬勝利告的，他還說讓多判馬刀幾年。我們也找人打聽，是馬勝利告的。你說他是個人嗎？」女人邊說，邊哭了。

出了馬刀家，又去老書記家。老書記的頭光禿禿的，院子裡的菜蔬已經都收回去，菜畦整整齊齊的，有些枯黃的葫蘆蔓子爬在架子上，上面吊著幾個金黃的葫蘆，院裡還有一棵高大的蘋果樹，房子也高大氣派，一看日子過得不錯，人心勁兒也足。

紀檢書記問：「你知道這些天人們告馬勝利的事嗎？」

「後生長大了。」老書記感嘆，卻什麼也不再說。

接下來的幾天，副書記和紀檢書記不斷把調查的結果反饋回來，除了兩件事情子虛烏有外，幾乎件件都有落實。馬勝利開煤廠、鐵礦選礦廠，把村裡閒置的土地以極便宜的價錢承包

給各種開發商，承包期從三十年到五十年不等。國道旁的宅基地，批給自己的親戚、好友，村幹部和村裡的大款、刺兒頭。戲劇性的是，煤廠是和前書記老黃一起弄的，承包土地手續上是當時的書記老黃簽的字。選礦廠是和馬刀一起弄的，承包合約上是當時的村委主任馬刀簽的字。國道旁的宅基地有老黃的，老黃親戚的，也有馬刀的，還有現任會計馬步的。這些財產粗略估計，是很龐大的數字。

宋遼想到新城徵地中父子反目、兄弟操戈、鄰居成仇的事情。土地成了農民手中巨大的財富，也成了他們唯一的財富。宋遼不知道這些農民把土地轉化成財富後，他們會去幹什麼，但馬勝利這些村幹部，利用手中的職權，把集體土地鯨吞私有，三十年、五十年占有它們。更可怕的是他們做這一切的時候，都是悄悄地以組織的名義進行，有會議記錄，有手續，一切荒唐的事情都有了合法的外衣。宋遼以前聽說陽關的村幹部財大氣粗，沒有想到發展到這種程度。

宋遼想找馬勝利談談，找這個十幾年紅旗支部的帶頭人談談。打了幾次手機，關著。打家裡電話，老婆說去省城看病去了。倒是外邊有些電話不時打進來，有縣領導的，有局級領導的，也有和他一樣當鄉鎮領導的，他們用不同的口氣說著同一件事情，慎重處理馬勝利的事情。

宋遼覺得煩，煩透了。

鎮裡召開了一次黨委會，討論馬堡的團隊問題。沒有人發

言。黨委成員們一根接一根抽菸，很快會議室內就成藍的了。宋遼挨個點名讓大家說說，可是沒有一個人明確表態，都含糊其辭。黨委祕書打開窗戶，藍色的煙淡淡飄出窗外。

宋遼覺得自己的生命和這縷縷飄逝的香菸一起慢慢消失。

這種事情，其實誰都清楚，絕對有問題，絕對是以權謀私，要不是村幹部，連一塊二分大的宅基地都很難弄，別說這麼多了。但大家不知道書記是什麼意思，不知道開會的人背後誰和馬勝利關係好。大家還知道，好多村幹部都這樣幹，要不鎮裡一般領導還在騎自行車、摩托，他們卻一個個都開上小車？憑他們的智商和本事，吃屎去吧。而且，鎮幹部還有一個說不出口的道道，鄉鎮副職，有職無權，他們還希望從村幹部那兒弄點實惠，報個條子，吃頓飯，這樣一來，就軟了。宋遼見研究不下個結果，只好安排紀檢書記按紀檢條例拿出個方案，明天再上會研究。

會一散，人們回到自己的辦公室裡熱烈地議論起來，一些大村的幹部也來打聽消息，畢竟，他們在好多事情的做法上是一致的。但結果似乎也不用討論，農村幹部，不幹就完了，還能怎樣？用一句幽默的話說，農村幹部是露水幹部，太陽一出來就完了。再有人反映，是紀檢委和檢察院的事情了，但一般告狀的人不會把事情弄到那個地步，鄉里鄉親的，抬頭不見低頭見，一不當村幹部，和別人也就一樣了。

第二天的會和人們預想的一樣，同意馬勝利辭職。他的辭

職有人去做工作。同時給馬勝利記過處分，馬刀、老黃警告處分。這讓人們多少有點意外，但一想，也就通了。對告狀的人，中國人歷來是有看法的。老黃、馬刀是老幹部，自己不清不白，卻參與告狀，換哪個領導也不會手軟。

接下來馬堡要任命一個新的書記，這是非常迫切的。馬堡的地要繼續徵，新城建設不能再等了，它關係到宋遼的工作能力和前途。馬堡的新農村建設要繼續搞。這是當前的政治大形勢，尤其那個農民文化廣場，年內一定要完工。可誰是人選，宋遼心裡卻沒底。仔細一想，這麼大個村子，除了村幹部和幾個在社會上名氣響亮的人，其他人都是模糊的。

但村幹部威信高的幾個都給了處分，其餘的幾個，其實也就是一個會計了，是和馬勝利關係極大的會計。社會上那幾個名氣響亮的人，各有各出名的原因，有些是說不出口的。

晚上，宋遼接到縣領導的一個電話，他以為又是說馬勝利的事，有些煩。沒想到卻是讓他幫著打聽一個搞收藏的，據說是馬堡人，在北京的一個拍賣會上買到本縣先賢、清末四大才子之一馮志沂的一本手札。馮志沂，宋遼在縣誌上看到過，不大了解，他從百度上搜了一下，出來好多內容，詞條上寫著：

「馮志沂〔清〕（西元一八一四年至一八六七年），字魯川，山西代州人。生於清仁宗嘉慶十九年，卒於穆宗同治六年，年五十四歲。道光十六年（西元一八三六年）進士。授刑部主事，持論不肯唯阿。歷官安徽廬州府知府，以清靜為治。志沂嘗從

梅曾亮游，古文得其家法；兼工詩，與張穆、朱琦、曾國藩等相唱和，曾亮贈詩有『吟安一字脫口難，百轉千繰絲在腹』語，其刻苦如此。所著有《微尚齋詩文集》、《清史列傳》行於世。」

宋遼沒想到馬堡還有這樣的人物，他讓片長去打聽馬堡誰搞收藏。片長馬上次答，會計馬步。宋遼想起那天在縣委門口見到的馬步，一臉大鬍子，眼睛又大又亮，不愛說話。

他讓片長聯繫一下，看馬步在不在家。得到肯定答覆後，他們一起去了馬步家。

馬步拉亮燈在大門口等著，進了院子，宋遼看到些石人石馬和一截漢白玉做的欄杆，上面蹲著一個栩栩如生的獅子。宋遼問：「哪來的？」馬步說：「前幾年修河道的時候挖出好多，我挑了些完整的，保護起來。」馬步用「保護」這個詞，讓宋遼覺得有些意外。馬步的房子不多，三間瓦房，兩間耳房，一看就有些年頭了，在明亮的燈光下，有些地方漆皮已經剝落，旁邊那些又高又大的新房子給它們投下些暗黑的陰影。進了屋子，宋遼看到正面是一個過時的組合櫃，裡面擺滿了書，大多是收藏方面的，還有一套占了很多地方的《辭源》。宋遼問：「你搞收藏多少年了？」「有二十年了吧。」「能讓我看看你收藏下的東西嗎？」「我只有一樣好東西。」說著馬步從電視櫃的下邊取出一包東西，放在桌子上，然後小心翼翼地打開報紙，裡面又用綢子包著，打開綢子，是一本黃色封面綾裱的書一樣的東西，上面寫著《馮志沂手札》。宋遼有些激動，打開手札，書頁發黃發

脆，捏在手裡像一隻好不容易捕捉到的蝴蝶。宋遼覺得時光開始逆流，那個當年的進士，剛正不阿、清靜為治的廬州府知府彷彿穿過時光，像煙霧一樣飄在他眼前。宋遼讀手札上的字，都是繁體，自己大學上的理科，竟然讀不大懂。他站起身來，覺得胸中鼓鼓的，有一股氣在蕩漾。他想再過百年，人們會說起他這個小小的陽關書記，或者他會有絲毫的痕跡留在百姓心中嗎？他透過窗戶，看到滿天星光。宋遼說：「再讓我看看你的其他藏品好嗎？」馬步拿出些用報紙包的小包，一個個打開，是些栩栩如生的刺繡，有肚兜、荷包、帽簷、腰帶、繡花鞋，漂亮極了。那些針腳細細的，密密的，經過很多年，仍然保存得這麼好。宋遼覺得歷史是如此真實可信。當年那些少女或女人們給情人、丈夫、孩子、老人和自己繡這些東西的時候，誰會想到會保存下來，歷史不經意間就做到了。

回的時候，馬步一直把他們送到巷子口。宋遼的車走出好遠，他返頭望去，巷子口還站著一個黑乎乎的影子。

第二天，幾個鎮領導繼續開會，研究安排誰下一步當馬堡的書記。

快中午的時候，馬勝利來了，拿著一份寫好的辭職報告，說：「今天中午我請領導們吃飯，吃個散夥飯，以後來這兒的機會就少了。」宋遼堅決表示不去，其他領導也說不去。「那我下臺後在家裡請領導們吧，那時就委屈大家了。」接著他問，「讓誰當書記呢？」宋遼說：「你覺得誰合適？」「給誰也不能給告狀

的，他們當上，我啥也不幹，就告狀。他們今天當上，我明天就開始告。」宋遼皺了皺眉頭，說：「到時就知道了，我們正在研究。」馬勝利走的時候，又說：「你們不去吃飯？」副書記回答：「不去。」把門拉開，等馬勝利出去又關上。

然後，馬颮來了。

馬颮宋遼是了解的，但接觸不多。他們是初中同學，那個時候馬颮特別愛打架，拿起啥東西都敢打。在街上看別人打撞球，在社會上很有名的小四毛撞了他一肘子，看他小，順手摸了他一下牛雞。馬颮拿起顆撞球就朝小四毛頭上打去，小四毛躲得快，嚇出一身冷汗。放下球桿，就說要交他這個朋友，請他吃了頓飯。後來馬颮還是因為打架被開除了，一直在社會上混。宋遼外出上學，畢業後去新聞辦寫稿子，宣傳部當幹事、副部長，企業當廠長，一直在一個圈子裡混。時不時聽人們說起馬颮，給人當保鏢，下煤窯，開賭場，圍壺，開當鋪，後來趁縣裡一窩蜂開鐵礦，強行占住一處礦山，趕上好行情，成了大款。

畢業後第一次和馬颮打交道，是和縣四大團隊領導及鄉鎮領導一起視察「村村通公路」建設情況，那時他還在企業。來到馬堡的時候，分管副縣長挽著一個人的手臂對縣長說，我給你介紹一下，這就是大名鼎鼎的馬颮，浪子回頭金不換的典型，這次村裡修路他捐了四百萬。縣長和馬颮握了手，拍著他的膀子說好好幹，有什麼困難和我說。馬颮不卑不亢地笑了笑，從

車後備廂拿出五條軟中華，給每人發了一條。那一剎那，對宋遼的刺激太大了。他想起自己見了縣長的樣子，腰總是弓著，臉上賠著笑，耳朵像降落傘那樣大張，總害怕漏聽一句話。可馬颷那麼自然，那麼自信，就好像縣長是他老朋友似的。宋遼心裡罵了一句，裝逼！他覺得他是在嫉妒馬颷，可是他沒有理由嫉妒他呀！在心裡邊他是鄙視馬颷的，覺得他是黑道混出來的，要不是趕上鐵礦大開發，說不準馬颷早坐牢了。可是他不得不承認，那一刻他很沮喪。

第二次和馬颷打交道是縣裡開人代會，宋遼是代表，沒想到馬颷也是代表。分組討論的時候他們分在一組，宋遼看到馬颷有些意外。領導們和馬颷好，宋遼能理解。可是人大代表是選出來的，群眾的眼睛裡有釘子，他們卻選上了馬颷，他們難道把馬颷走黑道的那些經歷都忘了？馬颷還是那種大大咧咧的樣子，討論快結束的時候，有人起鬨說人家其他組大款代表都給別的代表買東西了，咱們馬總沒點表示嗎？宋遼聽到人們叫馬颷馬總，心裡覺得很彆扭。沒想到馬颷沒有一點不自然的感覺。他向記錄的工作人員要來一沓紙，裁成二指寬的小紙條，當場寫下一些字，送給各個代表和工作人員，說去縣裡最大的超市可以取一千元錢的東西。

人們都說還是咱們馬總豪爽。宋遼看著小紙條上歪歪扭扭寫著「馬颷」兩個字，覺得憑這就可以去超市拿東西嗎？沒有章，連個手印也沒有。後來宋遼的老婆去了，給自己買了一身

套裙，還給宋遼買了條皮帶。宋遼覺得馬颷確實神通廣大。沒過幾年，馬颷被選為市人大代表、省人大代表、省工商聯理事、全國十大明星企業家，宋遼覺得社會瘋了，人們都瘋了。

馬颷來了是請大家吃飯。宋遼還沒有答應，已經看見副職們臉上按捺不住的興奮。宋遼知道，這類大款請客吃飯很大方，會去縣城最好的飯店，吃海鮮，喝蟹粥，發中華或冬蟲夏草，吃完飯還可以去唱歌或洗桑拿。他們不缺的就是錢，而且人們也以結識他們為榮。宋遼想拒絕，他不想給這類人當配角。可是沒等他說話，馬颷說：「咱們順便談談馬堡團隊的問題。」宋遼聽了這句話，一股氣不由自主冒上來。他想，你再有錢，也是你有錢，你或許可以拉選票操縱選舉，但任命支部書記還是我鎮黨委書記的權力，你憑什麼干涉啊？但他知道自己不能輕易發火，這種人勢力有多大他可能永遠也估計不到。宋遼說：「你可以談談你的想法。」

「咱們邊吃邊談吧。」馬颷說著拉住宋遼的手。他的手勁真大，宋遼一下覺得手不能動了。然後他看見副職們收拾東西準備出去搭車。宋遼覺得自己堅持不去也沒意思了。他說：「你前邊走。」「你坐我的車。」宋遼跟著馬颷下樓，邊下樓邊後悔答應馬颷的邀請。

馬颷的飯局果然設在縣城最好的飯店海外海，點了一大堆海鮮。令宋遼生氣的是，馬颷上了五糧液後，讓服務員給每人滿滿倒了一大杯，他自己卻要了杯白開水，說他不能喝酒。宋

185

遼不相信馬颮這種混社會的不喝酒。他說：「你不喝我們怎樣喝呢？要想客人喝好，主人必須喝倒。」說完這句話，他覺得自己有些賤。副書記問服務員要來酒，給馬颮倒，說：「第一杯你也得滿了，喝了第一杯可以不喝，我們得感謝感謝馬總。」馬颮用手掩著杯子說：「我一點也不能喝，保健醫生不讓喝。」宋遼一聽他說「保健醫生」，感覺有些反胃。可是馬颮招呼服務員：「上茅臺，誰不愛喝五糧液可以喝茅臺。」服務員拿上兩瓶。馬颮說：「打開，都打開。」宋遼覺得局面一下都被馬颮控制了，而且他發現今天自從見了馬颮，沒有見他笑過一下。想完，他又後悔了，他想自己這是怎麼了，怎麼會在意馬颮笑不笑呢？

　　酒席就這樣在尷尬中開始了。馬颮不喝酒，但很會勸酒，一會兒氣氛就被搞起來了。馬颮對宋遼很尊重，回憶起他們上中學時的種種趣事，說宋遼上學那會兒學習好，也很受女孩子們喜歡，他最羨慕的同學就是宋遼。還說宋遼年輕有為，沒有任何社會背景就當上全縣最大的鄉鎮陽關的書記，相當於北京市的書記。馬颮的這些話引得大家不斷喝彩，鎮裡的其他領導輪番敬宋遼酒，宋遼覺得自己不是配角，大家還是圍著自己轉的，喝著喝著就高興起來了。他想到馬颮不能喝酒，少了人生一大享受。他故意一杯一杯和自己的副職們幹，覺得還是當官有權，比有錢威風。

　　在酒宴快結束的時候，馬颮忽然問：「馬勝利下臺後，誰當馬堡的書記？」宋遼覺得自己喝得高了，頭沉得快要抬不起來。

他說：「沒有呢。」「我看馬步很合適。」宋遼馬上次答：「不行啊，他和馬勝利是一起的，他當上老百姓不會同意的。」「只要鎮裡考慮好了，我去做老百姓的工作。」宋遼想起昨天晚上巷子口那個黑乎乎的影子，和那本《馮志沂手札》，覺得馬步當上也不錯。

馬颮要請大家去洗桑拿，說解解酒，宋遼說什麼也不去，說：「你帶別人去吧，我要睡覺。」

宋遼是被電話鈴吵醒的，睜開眼睛，頭還在發漲，他看見是妻子的電話。然後，他看見身邊躺著一個光溜溜的女人。宋遼吃了一驚，問：「這是哪裡呀？」旁邊的女人回答：「王子酒店秋香為您服務。」宋遼急了，大聲問：「這到底是哪兒呀？」女人反應過來，說：「雲州。」宋遼沒有想到自己出了縣跑這麼遠。看手機，上面有七個未接電話，五個妻子的，兩個司機的。他忙穿衣服。穿好衣服問女人：「我是怎樣到了這裡的？」女人搖搖頭說：「我被叫進來你就躺在床上。」宋遼要給司機打電話，想到中午吃飯時沒有帶司機。他出了房間，天已經很黑了，血色的霓虹燈把夜空映得像著了火。大堂裡一個漂亮的女人過來說：「先生您醒了。您的朋友讓我告訴您好好休息，他回去了。」「回哪兒？」宋遼出了大堂，發覺停車處沒有他的車。他給副書記打電話，問：「你在哪兒？」「我在家裡。中午吃完飯你喝高了，馬總安排我們洗澡，說他送你回家。」「明天上午你找馬步談談。」

掛了電話，他又接通妻子的，說：「在市裡開緊急會議，開完會吃飯，手機落房間裡了。」「也不早打個電話，明天回嗎？」「回。」進了大廳，大堂經理過來問：「先生，有需要我們服務的嗎？」「送我來的那位朋友呢？」「他有事走了，他讓您明天自己回。您在這兒的一切費用由他來結。」大堂經理把一張信用卡給宋遼。宋遼撥馬颮的電話，關機了。宋遼說：「鱉，你當我是鱉嗎？」「我想吃飯，有嗎？」「這邊請。」「算了，弄碗羊湯麵送我房間，多放點辣子。拿一小碟鹹菜。」「好的，我們為您服務，請稍等。」宋遼想到自己剛才匆匆下來，沒有注意是幾號房間。有一個小姐過來，說：「先生，這邊請，我領您到房間。」宋遼心裡想是不是換個房間，不知道剛才那個姑娘走了沒有。可是腳已經跟著人家走了。進了房間，看到床上那個女人還躺著，宋遼有些害怕，又暗暗有些高興。姑娘頂多十七八歲，挺漂亮。宋遼想讓她出去，又覺得這樣有些做作，便想，笑納了吧，不能世界上的好東西都讓那些狗日的大款享受。他想看看房間裡有沒有攝影機之類的東西，想了想，覺得馬颮沒必要這麼做，自己只是一個小小的鄉鎮書記，馬颮不需要費這樣的手段。他大概只是想和自己聯絡聯絡感情，而且怕自己不好意思，已經迴避了。想到這裡，宋遼覺得馬颮挺會辦事。

　　星期一，宋遼帶著人去宣布馬堡的團隊問題，村委院子裡擠滿了人。馬堡村委院子牆上貼著些大幅的計劃生育宣傳畫，塑膠畫顏色已經褪得發白，上面沾滿亂七八糟的汙垢，有的一

角已經開了，也沒人去管，就垂下來耷拉著，十分凌亂。貼著牆根種滿了槐樹，都已長得一房多高，把院子遮得黑乎乎的，下面落滿葉子。一切都是頹廢的，凋零的。宋遼想，或許真該換了，沒有人告狀也應該換了。記得這個村委大院蓋成後，還舉行過盛大的儀式，那時他在廠子裡就聽說了。門口的碑記上還記載著大院的修建過程，當時馬勝利和馬刀是親密的合作夥伴，現在卻反目成仇，又雙雙下臺，時光僅僅過了幾年。

紀檢書記宣布，同意馬勝利辭去村支部書記、村委主任職務，給予記大過處分；給予現村委副主任馬刀警告處分；給予原村支部書記黃……警告處分。人群一下亂了，呼一下湧上前來，告狀的小平頭喊：「包庇，包庇，馬勝利那麼嚴重的錯誤，怎麼光給個記過處分？我們不服氣，我們去縣裡告。」還有人在小聲嘀咕：「怎麼搞馬勝利，把馬刀和老書記也牽扯上了？」院子裡的群眾似乎都不滿意，聲音越吵越高，大概有一百多人同時說話，誰的聲音也聽不清了。宋遼覺得這件事情沒有搞好，把群眾的意圖還沒有摸清楚。這時，馬颰來了。宋遼先看見門口有人聳動，然後人們讓出一條路來，馬颰走在最前面，他後面跟著七八個人，宋遼感覺這和電影中一些鏡頭一模一樣。馬颰走到宋遼身邊，說：「大家靜一靜。」馬颰的聲音並不高，可是人群就靜了。先是離馬颰近的人不說話了，然後後麵點的，再後面的，人群像波浪一樣，在馬颰說過話後，一圈一圈靜下來。馬颰接著說：「鎮黨委宣布咱們村子團隊的問題，是經過認

真研究的，大家不要起鬨。接下來還要宣布咱們新書記，大家認真聽著。」宋遼以為馬颷能講出多少道理，或者多嚴厲的話，沒想到就這麼平平淡淡幾句話，人們不鬧了。

副書記趁機說：「接下來我宣布任命馬步為馬堡村支部書記。」人群又出現輕微的騷動。馬颷說：「大家有什麼意見，可以找我去談。」人群又靜了，有人開始悄悄離開會場。宋遼說：「大家歡迎馬步書記講幾句話。」有人鼓起掌來，很快掌聲就熱烈了。馬步說：「我不會講話。我當了，以後大家有什麼事隨時可以找我。我要帶領村委繼續搞好新農村建設，繼續完成徵地任務。」宋遼從村委出來，感覺剛才的一幕像演戲一樣，自己好像是一個跑龍套的。

副書記說：「宋書記上車吧，這下馬堡的團隊定了，工作不會落套。有馬颷支持，馬步的工作好幹。」宋遼覺得也只能這麼想。

沒有想到，從第二天開始，馬堡村民開始了新一輪告狀。他們印了好多材料，去紀檢委、檢察院、縣委縣政府、人大告馬勝利，自然也牽扯到馬步。他們每天的告狀像完成一個儀式。一到上班時間，一大群人先去找書記、縣長，然後紀檢委、檢察院，從人大出來，就浩浩蕩蕩奔向鎮裡。他們一致認為對馬勝利的處分太輕，還任命馬勝利的部下馬步任新書記，純粹不負責任。宋遼只好一次一次給他們解釋，馬勝利雖然以權謀私，但他侵占的土地都有合約和手續，是合法的。鎮裡也

只能給行政上的處分。這些人根本不聽，認為就是包庇馬勝利，而且馬步的事情也解釋不清楚，一個村支部書記做啥能離開會計，為什麼馬勝利下臺，讓馬步上臺。宋遼給他們解釋幾次，慢慢地覺得連自己也說不過去了，馬勝利國道旁的房產、煤廠、選礦廠的占地是明擺的事實，而且誰有了這些土地資源，誰就有了一大筆財富，這些都是他當幹部、書記時謀得的，讓馬步當書記，邏輯上也解釋不清。那段時間，縣委辦、縣政府辦不斷讓宋遼去領人，宋遼覺得自己給自己掘了個大坑往下跳。他不明白為啥這些人一直告馬勝利，按說農村幹部，下臺就什麼事也沒了，可他們一直告。宋遼問其他鎮幹部，人們都說結交在私仇上了。副書記打聽了一下，這些告狀的人都和馬勝利有私人恩怨。如領頭的那個小平頭，以前因為賭博，被馬勝利告了派出所拘留過，新城徵地，他們全家人又被拘留過。宋遼覺得工作中的矛盾和私人的矛盾攪和在一起了，他打電話叫馬颰。

馬颰來了。宋遼掏出那張信用卡給他。馬颰臉上一副驚訝的表情，說：「你這是幹麼？」他根本不承認那天的事情。宋遼心裡佩服馬颰辦事的手段，他把卡收起來，思索是否也像影視作品裡那樣，把錢取出來捐給希望小學。

宋遼說：「現在你們村的人天天告狀，我幾乎每天都接待他們了，啥事也幹不成。」馬颰說：「我這些天去了趟日本，剛回來，也聽說告狀的事了，我去做做工作。」「希望你有辦法，但

千萬不能胡來。」

第二天一上午，馬堡的人都沒有來。宋遼不放心，總覺得不對勁，臨近中午時讓黨委祕書給兩辦打電話問一下情況，得到的答覆是哪邊都沒有去。宋遼想可能是馬颭做了工作，但不知道他用了什麼辦法。沒有上訪的，清靜了，可宋遼做啥事也不在心上，他還是不由自主地想那些上訪的人，尤其是那個小平頭，一來就義憤填膺，滔滔不絕說個不停，一副憂國憂民的樣子。宋遼在仕途上也混了些日子，熬到陽關的書記很不容易，他在黨員幹部中也很少見到這樣的人。

宋遼想或許自己在馬堡的團隊問題上做錯了，但讓他再做一百次選擇，似乎也只能這樣。宋遼不禁想，世界上怎麼有這麼固執的人？

下午四點多，樓道裡靜悄悄的，宋遼想這件事情可能就這樣過去了。似乎有些意外，但也能想通。下一步應該集中精力加大力氣徵新城的地，宋遼鬆了松身子，骨節啪啪地響。沒想到門突然被撞開了。宋遼有些慍怒，誰這麼沒禮貌？沒想到是小平頭，他氣喘吁吁像喝醉酒。

他一進屋子就指著宋遼大罵：「宋遼你什麼東西？我老子讓馬颭的人打了。你給我講清楚，你為啥在馬颭面前搬弄是非？」宋遼摸不著頭腦，讓罵得愣住了，一下子不明白發生了什麼事。他說：「你坐下，有什麼事慢慢說。」小平頭不坐，伸手從茶几上拿起一個杯子舉起來，被聞聲而來的黨委祕書奪下，幾

個副職都跑過來。小平頭繼續大罵：「宋遼你給我說清楚，我老子讓馬颭打了。」宋遼心裡罵馬颭不是個東西，怎麼這樣做事？他出口就說：「馬颭打了你父親你快去派出所報案呀！」旁邊的幾個副職也說：「是呀，你父親挨了打，應該去派出所報案，找宋書記幹啥？」「我不找派出所，我就找宋遼，純粹是他搬弄是非。」「怎樣搬弄是非了？你父親現在在哪裡？」「在樓下，快死了。」「你快去醫院呀。」「不去，今天死也死在你這裡。」說完，小平頭跑出去。宋遼和滿屋子的人都有些詫異。宋遼說：「他父親可能讓馬颭打了，他找上門來。」人們都說，他這樣做不對呀，他應該把父親送醫院，去派出所報案，找也應該是找馬颭，不應該找鎮裡。議論著，小平頭又來了，背著他父親，一進來就放到門口的沙發上。宋遼看到老人身上有些土，其他地方沒看出挨打的痕跡，放心了些。小平頭說：「我們今天不走了，死也死在你這裡。你給我個交代，你和馬颭說啥了？」「沒說啥，我啥也沒說。」「今天早上我們接到馬颭叔的電話，馬颭叔什麼時候給我們打過電話？他張口大罵，說你們和宋遼書記說我啥了，是不是想挨打。說完就掛了電話。我和父親找他想問個清楚，一進門就被他的人揪住領口打，我父親這麼大歲數，被打倒在地上幾次，爬起來又被他們打倒。」

　　小平頭稱呼馬颭「叔」，讓鄉鎮的幹部們不理解，馬颭打了他的父親，他還叫人家叔，這比他拿刀子捅了馬颭還奇怪。

　　老人把兒子的話重複了一遍說：「人家馬颭有錢，我們平時

也不打交道，他說了那些話，我有些擔心，怕惹上人家，就和兒子去了他家。我說馬颷，你剛才說那些話是什麼意思，我和宋遼書記說啥了，我用筆記下來，找他問問。馬颷的人上來就打我。」

宋遼說：「我把馬颷找來。」他掏出電話，想了想說：

「馬颷這驢脾氣，來了說不對又折騰。你們先去醫院檢查一下，我給報案。」宋遼讓黨委祕書給派出所所長打電話報案。小平頭一個勁地說剛才那些話，說：「我們和馬颷叔往日無仇，近日無怨，我女兒還去人家馬颷叔花園裡採花，人家也不說個啥，純粹是你宋遼挑撥是非。」宋遼不知道該和他們說什麼好，「挑撥是非」這個詞從小平頭嘴裡說出讓他覺得不習慣，而且是挑撥小平頭一家和馬颷的關係。宋遼讓祕書給他們倒了兩杯水，等警察來。小平頭喋喋不休：「我們讓馬颷叔殺了也心甘情願，你為啥也挑撥是非？」小平頭邊說，邊掏出電話給姐夫和媽打電話，告訴他們父親讓打了，讓他們都到鎮政府宋遼的辦公室。還對鎮政府的人說：「我乾哥的姑父在總政給領導當祕書，我讓他回來擺平這事，不信社會就沒有道理可講了。」說完又撥通電話把剛才那話對對方說。宋遼覺得這個人簡直是個瘋子，他讓祕書再催催派出所。他覺得這個傢伙不可理喻。

先來的是小平頭的姐夫，一個又黑又矮很結實的中年人，一進來就問：「咋回事？」小平頭說：「咱爸讓人打了。」說完這句話，他好像不屑再解釋什麼，閉上眼睛養神。中年人也知趣

地不再問，坐在小平頭旁邊，沒有和老人說一句話。隨後派出所的劉所長和兩個警察來了。劉所長一見小平頭，笑了，「又是你呀，跟我走吧，聽說你爸爸讓馬颮打了。你跟我到派出所錄個口供，把你爸爸送醫院。」

「我哪也不去，我就在宋遼的辦公室，他不給我個說法，我死也死在這裡。」「你們打架屬於刑事糾紛，歸我們管。宋書記辦公室是辦公的地方，你們這樣鬧不合適吧？快跟我走吧。」其他的鄉鎮副職也附和：「派出所的來了，他們管這件事，下邊也有車，我們和你一起把你爸弄上車。」劉所長對小平頭的姐夫說：「你是他什麼人，你去扶老人。」劉所長和兩個警察一起去拉小平頭，小平頭像死了似的，閉著眼睛，身體僵直，隨著沙發出溜到地上，幾個警察去拉他，他一動不動。擺弄了半天，劉所長洩氣了，「你不走，咱們就在這兒錄口供。你把事情的經過說一下。」小平頭閉著眼一言不發。劉所長推他，他不動。劉所長說：「你就等於給我個面子，跟我們走吧。」小平頭還是一動不動。宋遼沒有想到警察來了他們也是這個樣子。他出去，回頭對劉所長招了招手，劉所長出來。

宋遼問：「有什麼辦法把他們弄走嗎？」劉所長說：「看樣子他們不走了，這一家人特別愛死纏。以前打過幾次交道。要弄走就得強制執行，這得您給我們下個命令，寫在紙上，出了事我們負不起責。」宋遼一聽又是寫在紙上，和當初小平頭的父親去馬颮家的說法一模一樣。他說：「咱們喝杯茶。」

他把劉所長帶到隔壁黨委祕書的辦公室。劉所長說：「這種事這幾年太多了，好多老百姓告狀待在領導辦公室，甚至家裡不走，我們也沒有好辦法，總不能把他們抓起來。再說他們這樣做也沒有犯多大的法，抓了還得放，一放又去了。」

宋遼不知道是哪方面出了問題，他覺得這不正常，可是這種事情已經越來越多，他也見過聽過好多。老百姓不怕政府了，也不相信政府，但有了事情還只是找政府，不找執法機關。

過了一會兒，他們看見上來三個中年女人，一個老女人。劉所長說：「一家人都來了，我再過去看看。」宋遼也過去。四個人一進來也不問老人怎樣，就一起坐在了沙發上。老女人號啕著說：「這世道讓人怎樣活啊，好好的就讓人打了。我們不敢回家了，回去還不得讓人家殺了，還是待在這兒安全。」她的幾個女兒們也紛紛說：「讓人怎樣能夠活呢？」幾個副職和他們解釋這個事情，派出所的同志也勸說。緊閉著眼的小平頭忽然說話了：「你們啥也不用說了，和你們沒有關係。」同志們還在做解釋。小平頭說：「你們想說就說吧。」他又閉上眼睛，像入定的老僧。宋遼看見那個老女人像能領事的，把她叫出來，希望能夠和她解釋清楚。沒想到老女人一出來，就捂著臉號啕大哭。宋遼沒有看到從手指間流出的淚水，只是聽到她的聲音像唱花腔似的，不斷拔高，隨後她的幾個閨女跑出來，圍著媽紛紛詢問怎麼了？宋遼嘆口氣，他真沒有想到世界上真的有這樣一家人，他覺得沒法和他們對話，他感到自己很無奈。

宋遼進了辦公室，坐在辦公桌前決定陪他們到底，看看這家人到底要怎樣。他不走，這家人不走，副職們也都不能走，早過了下班時間，有人臉上露出焦急的神情。宋遼知道副職們辛苦，他們有的要回家做飯，有的還做小買賣，有的有應酬，因為這一家人，他們都不能回。誰都知道說啥也沒用，人們不再說話，都呆呆地坐著。派出所的三個警察也陪他們坐著。宋遼覺得憤怒，他寧願去坐牢，也不願意這樣坐著，這麼多人耗一起，啥意義也沒有。但他現在只能坐著。

窗外的風呼呼刮著，夜像一個黑色的巨人慢慢走過來，伸著舌頭舔窗戶上的玻璃，公路上不時有汽車駛過，轟隆隆響，偶爾響起一下緊急剎車的聲音。屋內的男人們一根接一根抽菸，鄉鎮幹部和警察們把自己的菸互相給對方，小平頭、姐夫、老人三個人掏出菸互相抽，他們涇渭分明地分成兩派，幾個平時不抽菸的同志也抽了起來，屋子裡很快變成藍色的，沒有人去打開窗戶，人們都在憋著一股氣。

先是那個老女人，接著是三個女人，後來所有的人都咳嗽起來，像有人指揮似的。宋遼覺得一起咳嗽有些滑稽，但所有的人都被嗆得憋不住。宋遼看見小平頭姐夫的菸先抽完了，他有些得意，其他的副職也慢慢發現了，他們也有些得意，他們覺得自己已經打了一個小小的勝仗。他們從容地吸著菸，噝噝地發出聲音，一個一個吐著菸圈。宋遼知道，在這場煙霧彌漫的戰爭中，那一家人注定是失敗的，他們是在和政府作戰，個

人哪能鬥過組織？他抽屜裡、櫃墩裡有好多菸，好多好菸，整條整條的菸，是平時用來接待客人的，也有別人送他的。那三個人抽菸的速度也慢了，但菸這東西，你點著它就要過，不吸也會慢慢過完的。宋遼已經知道了結局，大家都知道了結局。小平頭把最後一口菸吸完扔在地上的時候，宋遼心裡輕鬆了，儘管這是早已預料到的事。他和他的副職們、警察們還在吸，他們有吸不完的菸，那三個男人尷尬了，沒事情可做了。坐在一群抽菸的男人中間，你沒菸抽，又誰都不說話，你能幹啥呢？看他們手足無措的樣子，宋遼想，快結束了，小平頭剛才那麼大的火氣，好像也隨著一縷縷香菸消失了。

終於，老女人忍不住了，她站起來說：「你們想把人嗆死？」打開門和窗戶，冷氣進來，一對流開，屋子裡的煙跑出去了。宋遼說：「你們回吧，耗下去沒有意思。今天派出所的同志也來了，明天讓他們繼續調查。你們明天還可以再來，我還上班，我的辦公室也跑不了。」老女人說：「不，我們回去怕讓人暗殺，我們就在這裡。」老女人的回答讓宋遼有些意外。他沉吟了一會兒說：「好吧，住下吧，天涼了，你們最好回家拿點鋪蓋。」然後他對劉所長他們說：「今天辛苦你們了，明天可能還要麻煩你們，你們先回吧。」

又對自己的下屬說：「咱們今天值班，都和家裡打個招呼，不回了。你們現在先輪流去吃飯，我來值第一班。」老女人看著人們往外邊走，臉上露出些驚惶的神色。她說：「你們這兒沒有

被子？給我老漢蓋上，他挨了打別再著涼。」宋遼說：「我們的被子只夠自己蓋，你老漢挨了打應該去醫院，不應該坐在這兒不回。」宋遼說這些話的時候，有種解恨的感覺。老女人那個年紀看起來最大的女兒說：「去醫院我們哪有錢呀？」宋遼說：「你們可以先去檢查，明天責任判定下來有人給你們出錢。」「我們沒錢，住院要錢。」宋遼掏出兩百元說：「你們可以先去檢查一下，自己先墊點錢。」

「我們都沒有錢。」宋遼把錢裝回口袋，坐下來，閉上眼睛。

窗戶沒有人關，夜風強勁地吹進來，宋遼覺得自己現在這個樣子和小平頭剛才的樣子一模一樣。老女人指揮女婿回家去拿被子和飯，又讓另一個女兒回去，說兩個上學的孩子沒有吃飯，晚上獨自也不敢睡。宋遼覺得辛酸，可怎樣也同情不起他們來。

鄉鎮的幹部們陸續吃完飯回來，替宋遼。宋遼說：「一人兩小時，到明天上班時間。」司機要陪宋遼去吃飯，宋遼說：「我不餓，到外面走走。」

夜真的是涼了，風像涼颼颼的蛇，滿天的星星像河灘裡大把大把的石子。宋遼不知道自己為什麼會變成這樣。他的爺爺、父親、母親、親戚，家裡能記得起來的長輩都是農民，他們總是為緊巴巴的日子發愁，錢這個東西他們好像從來沒有多過。但他們豁達開朗，他們為玉米一畝多收一百斤高興，為一天多掙十元錢興奮，每天有活兒幹對他們是福氣，他們把雞蛋

和上白麵攤餅子吃，每家每年醃一大缸鹹菜，吃個包子餃子忘不了給親友們送去幾個，誰家殺了豬，每家都會分到些肉，一家有困難，大家都來幫忙，他們酣暢淋漓的大汗和沾滿泥巴的褲腿使日子顯得那麼真實。宋遼從他們中間蹦出，當了陽關的書記，他還把自己當農民一樣，從來不修邊幅，吃飯喜歡盤腿坐炕上，稀飯鹹菜、辣椒饅頭，啥時候吃啥時候香，農民們找他來辦事，他從來熱情接待，能辦理的一定辦理。可現在，他對這一家人這麼反感，而且他發覺自己給農民當官了，卻越來越不懂農民了。他對這一切感到難受，感到不解。

有人在旁邊輕輕咳嗽一聲，宋遼一看，是副書記。宋遼才知道自己在外面時間不短了。回了辦公室，他的椅子上坐著一個副職，見他進來，那個副職忙站起來。宋遼招呼他坐下。看到後面鮮紅的黨旗，宋遼的鼻子有些發囊。小平頭一家捲著花花綠綠的被子，有的坐著，有的躺著，每人盤踞著一截沙發。窗戶不知道什麼時候關上的，屋內的空氣有些悶，燈光亮得刺眼。宋遼覺得這不是真的，這個時候，大家都應該在各自的家裡，和丈夫、妻子、老人、兒女們在一起做著香甜的美夢，不是一家人怎麼可以睡一起呀？

宋遼說：「你們今天拿定主意不回了？」

沒有人回答他。宋遼拉上門出來，感覺自己好像被驅逐出來一樣。

副書記說：「宋書記你回吧，你的辦公室讓他們占了，連個

睡的地方也沒有了。再說，你明天還得開會。」「開會？」「是啊，下午縣政府辦通知的，明天上午八點半在縣政府三樓會議室開全縣新城徵地協調會，讓你和馬堡的書記參加，我已通知馬步了。」宋遼對開會一點印象也沒有了，他不知道為什麼總是開會！開會！

宋遼回家的時候，小區的大門已經關了。宋遼不想麻煩看門的人，他從大門的鐵柵欄上翻過。宋遼想起自己小時候上學，每天總想第一個去學校，家裡沒有錶，他醒來便看月亮，等雞的叫聲，有時候去得早了，學校大門沒有開，他也爬鐵柵欄，越爬越高，好幾次他覺得自己似乎能夠著月亮了。

半夜的時候，副書記給他打來電話，說：「小平頭他們一家走了，他們實在熬不行了。」宋遼覺得心頭懸的一塊石頭落下了，他問：「什麼時候走的？」「兩點，他們說明天再來。」副書記的聲音裡透著分得意。宋遼竟有些反感，他淡淡地說：「知道了。」掛斷電話。

那晚他睡得好沉好沉，好像多少年沒有睡覺似的。

第二天開會的時候，宋遼的臉色很不好看。馬步早早來了，看見宋遼過來，坐在他身邊。宋遼說：「昨天馬颷是怎麼回事，怎麼能打人？」馬步說：「那家人誰都討厭。馬颷只是教訓了他們一下，早上就派人領他們去醫院檢查了，沒事的。」縣長開始講話了，他說新城建設迫在眉睫，咱們進展速度緩慢，三年了連地都沒有徵下來，照這樣猴年馬月能建起新城？這關係

201

到咱們的執政能力，關係到政府的威信。

　　各級各部門⋯⋯接下來縣長讓徵地領導組的各個成員表態，輪到宋遼時，他說一定盡力。宋遼看到縣長明顯皺了皺眉頭。接下來馬步表態。馬步說：「我們今年一定完成政府交給的任務。」縣長聽了他的話拍起手來，說：「假如大家都像這個同志，咱們的地早已徵完，新城可能已經建起。大家都要向他學習。」縣長問他是誰，他說：「馬堡村支部書記馬步。」開完會宋遼責怪馬步亂誇海口，說：「你今年保證能完成嗎？」馬步說：「只要我們配齊團隊，一定沒有問題。」宋遼問：「你覺得誰當村委主任合適呢？」「馬颷。他正直，眼裡揉不得沙子，能主持公道。他有錢，不會占集體的便宜。他社會關係廣，可以給村裡爭來項目款和各種利益。」

　　宋遼聽了馬步的三個理由，心裡說，馬颷，這個馬颷！

　　第二天，第三天，接下來的好多天，馬堡的人沒有來告狀。宋遼不放心那個挨了打的老人，找人打聽，說是檢查過了，一點事也沒有。宋遼知道是馬颷做了工作了，他給小平頭一家做，他給所有告狀的人做，他的工作做得很見效，比政府部門都厲害。好多村幹部都傳言馬颷找告狀的一一談話。馬颷談了話誰敢不聽？馬堡現在成了一個安定的好村子。宋遼覺得心裡空蕩蕩的，沒有了那些告狀的人，鎮裡一下安靜許多，沒有人叫他縮頭烏龜，沒有人說他挑撥是非，沒有人讓他交代問題了。鎮裡其他的人見了他都恭恭敬敬喊一聲宋書記，就走開

了。他不叫別人，別的人絕不主動進他的辦公室。冬日的陽光暖洋洋地從大玻璃照進來，呼嘯的風只能無奈地在外面跑來跑去，屋裡的熱帶植物綠油油的，幾隻蒼蠅活了過來。各種檢查一下多起來，農建、計生、移民、紀檢、新農村建設……每天迎來送往，不住地往下面的村子跑，不住地匯報，不住地喝酒，生活變得如此一致，如此規律，每天見的都是穿得整整齊齊的村幹部，開著小車的村幹部，季節好像凝滯了，冬天永遠不會來臨。

徵地領導組的縣領導也經常下來，和宋遼研究怎樣徵地，說是今年冬天一定要加大力度，完成這項工作。

宋遼說：「是。」

他知道地徵不下來，縣領導讓他來陽關就沒有意義，而且確實需要一個新城，舊城太滿了，到處是窒息的人群和擁擠的車輛。可是前任沒有解決的問題，現在還不好解決，剛開始一畝地三萬元，老百姓覺得是筆大數字，過了三年，儘管一畝地三萬七了，但連傻子都知道土地值錢了，老百姓手中唯一擁有的值錢的東西也就是這些地，物價漲得飛快，拿那些錢又不馬上投資，誰知道過上若干年能買到些什麼東西，能堅持到供子女上學、自己養老嗎？

宋遼常常睡不著，時代飛速前進，他們的城市建設已經欠下帳了，他還能再拖後腿嗎？新城是一定要建起來的，但遲建和早建畢竟不一樣。宋遼仰望星空，星星燦爛而寧靜，宋遼覺

得自己渺小極了，像附在星星上的一粒塵埃。

　　馬步每天來匯報情況，徵地速度進展緩慢。宋遼牆上掛著一幅地圖，上面布滿黑點，每一個都是需要徵的地和拆遷的建築，他剛來時覺得自己會像一位將軍一樣，指揮著自己的軍隊所向披靡，紅色箭頭指向黑點，一個個陣地被拿下。

　　可是現在還是黑點占了大部分地方，極少的紅點像微弱的火苗，大批黑點沙漠一樣，他想起上學時學過一篇叫《向沙漠進軍》的文章，怎樣像沙漠進軍呢？

　　道理已經講過千萬遍，而且似乎誰都能明白，可老百姓就是不買帳。他們住的地方由農村變成城市。他們種的地本來是國家的，現在政府需要，國家把他們種地一百年的收入一次性付清。他們可以用這些錢投資做好多事情，平均下來，馬堡的每一個農民手中的錢比上二十年、三十年班掙的錢都多。就連他們住的房子，一旦新城建成，就會馬上增值幾倍。但是他們想要更多的錢，比現在多幾倍的錢。

　　現在馬堡的百姓已經因為徵地去省城上訪。省裡不給明確答覆，只是讓縣裡來領人，縣裡又讓鎮裡去領人，上訪半天事情最終還得在源頭解決。宋遼覺得有些事情經濟學家也講不明白，他們只會講道理；有些事情道理起不了作用，道理和現實像冰和水一樣，看起來清清楚楚，可誰能分清。

　　馬步說：「地要想徵完，必須馬颷當村委主任。」宋遼也看清楚了，在道理講不清楚的地方不需要道理。他問：「馬颷願意

當嗎？」馬步說：「這要做工作。他錢已經足夠多了，這是為百姓做好事，為政府做工作，工作應該能做通。」宋遼說：「工作你去做，能做通咱們開始選舉。」

選舉的日子定下來了，宋遼覺得一切好像轉了個大圈，兩年前「一肩挑」，馬勝利和馬刀鬧下矛盾，兩個人都背上了處分，現在呢，又要選村委主任。他和馬颮走的根本是兩條路，現在竟要一起工作。這可能就是馬克思說的歷史是螺旋式前進的吧。

選舉那天，宋遼沒有去，他去一個很遠的地方參加大學時一位老師的葬禮。他覺得老師教給他的知識有些不夠用了，但老師已經永遠地離開他了。

選舉過後，馬堡轟轟烈烈的徵地工作開始了。政府先是把徵地補償款一百萬一百萬打過來存進馬堡的帳戶，後來變成三百萬、五百萬。馬堡的老百姓從來沒有過這麼多錢，他們種地可能一輩子也攢不下這麼多錢。有些人把錢入進馬颮的鐵礦。有些人買了計程車，都是那種綠色的青蛙一樣的車。他們從三輪車、手扶拖拉機、東方紅耕機的駕駛員和摩托車騎手變成了計程車司機，縣裡為了安撫這些人，默許他們暫時可以無證上路。有些人跟著有學問的親戚們買股票，買基金。還有些把錢存起來，掙銀行的利息，今年已經七次調息了。馬堡村的村民經濟收入發生了根本性的變化，新城建成後，他們還可以開飯店、商店……他們手中真的有了錢。

現在宋遼經常去馬堡視察工作，自己去，也陪著領導們去。馬颷現在見了宋遼，在人多的時候總是叫他宋書記，人少的時候叫他宋遼。宋遼無論在什麼場合都叫他馬主任。宋遼覺得他們的關係不管怎樣也是油和水的關係。

　　宋遼知道，過上一年，大片的瀝青、水泥就會爬上這些土地，一幢幢高樓會代替以前的玉米、高粱拔地而起。以前這個養滿馬匹的驛站，再也看不到馬了。

　　其實很久以前，馬堡已經沒有馬了。

寫實仍然是通達真相的重要路徑
—— 楊遙與他的《村逝》

　　既能寫城，也能寫鄉，楊遙的寫作路子很廣。《村逝》所收的小說，皆以農村為寫作對象。〈匠人〉、〈養鷹的塌鼻子〉、〈弟弟帶刀進門〉、〈山中客棧〉、〈巨大童年〉、〈村逝〉，寫農村不同而又互有關聯的人事 —— 手藝人、外鄉人、農民、村幹部、暴發戶等，看法理性，手法多變，布局及看法皆不落俗套，格局大方，氣勢不凡。

　　農村是容易討好的題材，但也是很不容易寫好的題材。

　　要克服這種悖論，突出地域特點是一個重要辦法。《村逝》裡所寫出來的北方農村，就與東南、中南、西南的農村不一樣，這是極其難得、誠懇而實在的寫法。楊遙筆下的地域特徵，有時候是透過落到實處的物質來體現的，有時候是透過鄉約民俗、人際關係、倫理反應、身體語言而體現的。

　　〈匠人〉就是很突出的例子，作者不僅能把農村落實到物質，也能落實到具體的秩序，人的複雜性就隨之帶出來了。

　　〈匠人〉裡提及鎮上的許多匠人，如泥匠、木匠、紙火匠等，其中，木匠王明是被重點書寫的匠人。小說寫到一個細節：「春天王明給我家割家具時，那幾根榆木已經在屋簷下堆了好幾

年。父親說，這些木頭乾透了。王明說，是是是。父親問，割一張床、一排靠牆的書櫃、一個大門，夠嗎？」

單看作者寫榆木，就知道作者對物質的脾性很了解，在寫作取捨層面也有魄力，「堆了好幾年」、「這些木頭乾透了」，兩句話，一下子就把物質的特徵寫出來了，這要比寫木頭什麼形狀什麼顏色值多少錢高明多了，識貨的人，馬上就會知道，這木頭扎實，經得起季節的「考驗」。榆木，尤其是北方老榆木的扎實粗厚，足以讓「精緻」失色，尤其能讓庸俗的精緻失色。這個細節，質地相當好，一般的作者寫不出來。〈匠人〉裡的王明，作者寫得也很有特色，作者甚至不怎麼寫內心活動，就寫身體語言：「他脾氣很好，不愛主動說話，誰與他搭話，都喜歡用是是是或者對對對來回答。他這種好脾氣人們很喜歡，他的手藝也比鎮上其他木匠確實好些。」榆木 —— 再聯想「榆木疙瘩」的說法，由物及人，王明的「是是是」、「對對對」，如以「榆木疙瘩」喻之，再恰當不過。

有意思的是，小說以木頭疙瘩收尾，王明的發財之路歷經波折之後，做回與木頭有關的行當（根雕）。「我想起他家門口的那只麻梨疙瘩做的老虎，問父親，他家大門洞裡的那隻老虎還在嗎？父親皺起眉頭，想了想說，那個木頭疙瘩啊，磨得真亮。」作者在這裡留下了一個懸念，發財的可能性還在，但同時，人性與物性之相通也在這個懸念裡面得到了體現。榆木疙瘩、木頭疙瘩這些硬朗粗糲的物象，象徵著人身上不被發財夢

徹底摧毀的品格。人身上那些堅固的東西，像疙瘩一樣不易改變，也像榆木的木紋一般，淡定大方，經得起時光的打磨。木頭能夠做屋梁、做門，承得了重，當得起家，出得了遠門，看起來典雅，用起來扎實。木性要被識別之後，才能跟人親近。

在〈匠人〉這裡，作者是以木頭連接人性、物性、地域性，從而識別農村社會的自在與自性的。有些作家筆下的鄉鎮，沒有地域特徵，符號化得厲害。但有些作家就非常善於書寫農村的地域性，或者說，非常善於在地域性中顯示其寫作天分及實力。兩種趣味，各有長處，也各有短處，前者容易過虛，後者容易過實。但即使過實的寫作，讀者也能從中看到許多活潑潑的經驗，許多無法被觀念性的東西所替代的鮮活經驗。即使你不了解這個寫作者，你大致也能知道，這些人是種過地、出過汗、餓過肚子的——無論是依時而作還是違時而作，在農村，都有可能餓肚子，都可能陷入困頓。即使是地主家，也可能真的沒有餘糧。靠天吃飯，生活是否寬裕，在很大程度上受賦役的影響。吃了沒？吃飽了嗎？——這些追問，深刻而持久地塑造著我們的國民性。餓肚子的經驗，會讓這個族群的人極度迷戀世俗生活，極度貪戀現世安好，這是本土文明的重要特點。這個重點恰好決定了農村經驗的複雜性，無論朝代如何變遷，農村經驗不可能完全等同於苦難。農村經驗裡，不僅有餓肚子的苦樂，也一定會有飽肚皮的安好，這是本土文明對人性與物性的預設。時下主流的鄉土文學以及更早的某些革命文學，可

能把農村的情況簡單化了，尤其是把古代社會的農村情況簡單化了。依楊開道所著《中國鄉約制度》（商務印書館 2015 年版）所論，農村並不一直是穩定的狀態，朝代更替、制度變化，對農村的生活及組織都有重大的影響。

　　春秋以前的農村制度，要坐到實處，已經不大容易了。「井田制度在戰國漸次毀滅以後，人民的居處不像從前的固定，人民的數目不像從前的清楚，所以五五進位的農村組織，便不容易實行」（第 8 頁），「自從東晉南渡以後，農村組織大受摧毀，北方的人民固然是流離失所，南方的農村也主客錯雜，組織不易」（第 10 頁），「玄宗天寶以後，連年征戰，賦役問題日趨嚴重，居鄉的困於賦，外出的困於役。一直到南北兩宋，賦役問題更鬧得天昏地黑，沒有法子解決。農村社會裡面，沒有旁的事件，也沒旁的問題 ── 窮民一天到晚應付租賦，富民一天到晚應付催役」（第 15 頁）。當代寫作之過度苦難化或浪漫化農村，本質上是一種現代哀怨，在這種現代哀怨情緒下，現代是變形的，是有罪的，相對而言，古代是被理想化了。這種哀怨的毛病是能看到窮的為難，看不到富的尷尬。這一點也是「當代」跟「現代」的思想差異所在。於中國意義上的「現代」而言，古代被妖魔化了，於中國意義上的「當代」而言，古代被理想化了。是以今天主流的鄉土文學，跟魯迅式的鄉土文學，有本質上的區別。這種思想的變遷，恰好也能看出中國「現代」與「當代」之間的微妙轉折，由此也可看出「現代」的歧途。不少的

寫作者，寫農村時，很取巧地把農村簡化為苦難及故鄉，在修辭及抒情方面大做文章。這種主打情感牌的農村文學可能「好看」，但讀起來始覺不踏實，虛。不少作者很聰明，但聰明得過了頭，差一點笨與拙。聰明勁兒，寫都市題材可能還能蒙人，但農村恰好需要笨力氣，需要有種莊稼的力量，經得起曝晒，也耐得住時間的慢，來不得半點取巧。沒有笨的功夫，「挖」不出中國的鄉約、鄉儀，看不到中國之鄉治的複雜性，相應地，也難寫出農村人的複雜性。今日的文學，在面對農村題材的時候，不缺抒情手法，不缺現代手法，最最缺乏的，恰是寫實的眼力。這種寫實的眼力，往往能識別農村經驗的複雜性。

楊遙在面對農村題材時，棄巧而取實，這種眼力，值得稱道。寫實的功力，讓楊遙能見人所不能見。《村逝》裡的有些篇目，可以說，就是結結實實地「長」在地裡，「活」在鄉裡。作者肯使出翻土的力氣，也有施肥養土的耐性與智慧，非常難得。我不了解楊遙先生的具體生活經歷，但我相信，他是以寫作的方式真正回到了村子裡，而且是回到變化中的村子裡。他所回到的村子，有破敗，但也有時代無法摧毀的地方，看到前者容易，寫出後者是最難的。楊遙之「實」，實在什麼地方？

這個「實」，最突出的地方在於寫人。《村逝》裡所寫的人，很多是亦農亦工亦商之人。農村有農忙，亦有農閒，農村人只有一種手藝的話，可能很難打發農閒的日子。

不少農村人，不僅是莊稼人，而且還是手藝人，甚至是小

生意人。農耕社會的分工，不同於工業社會的分工。工業社會的分工，是試圖只讓大部分人只會一點點──可以不斷重複的那一點點。傳統社會透過等級制度讓人安於其命，現代社會透過專業、行業、物質等因素讓人安於其命。從衣食住行的角度來看，農耕社會本質上是自足式的社會，這就要求農村人不能只是會幹農活，還要解決一切與衣食住行有關的問題，大到生老病死，小到嫁接果樹、抓蛇宰豬，事事都需要「自足」。基於社會「自足」的要求，農村人幾乎是什麼都會的。把農村人統稱為農民，這是戶籍制度變化之後對身分的簡化，但實際上，農民這一身分，並不能完全涵蓋農村人的全部。以中國傳統鄉治為例，農即使不是士、工、商，也有可能是兵，或者說，是兵農合一的，如楊開道《中國鄉約制度》提及《周禮》所記載的卒伍制度，「也是農村組織的一部分：因為那個時代兵農不分，農民就是兵士，兵士就是農民」（第6頁）。農村人，並不能完全等同「現代」所命名的農民。楊遙筆下的農村人，大於狹義的農民。他筆下的農村人，更接近農村之「實」。這個「實」，既包括傳統農耕社會之「實」，也接近現代農村變遷之「實」。

〈匠人〉裡的王明和「我」父親，都是亦農亦工亦商。

〈養鷹的塌鼻子〉寫的也是有手藝的莊稼人。塌鼻子祖上是馴鷹的，「康熙年間他爺爺的爺爺馴的鷹還曾被當地縣官獻給皇上」，鷹成為國家保護動物之後，這祖傳的手藝就失去了用武之地，但「手藝」已經成為塌鼻子的生命象徵，會不會一門手藝

這個問題，跟活下去以及怎麼活下去的問題一樣重要。馴鷹無用武之地，那就學別的手藝，經不起塌鼻子的苦苦哀求，「我」父親終於答應教塌鼻子插紙貨——一般人眼中不吉利的手藝。小說最後的結局可想而知，學會了這門手藝的塌鼻子的餘生，將以插紙貨為生——既為生存也為生命。〈養鷹的塌鼻子〉寫出了農村的變化，同時探討了在時代劇變中人能不能不變的問題。換言之，作者在小心謹慎地追問，人要使出多大的力氣，才能保住自己不想改變的那一部分。這些追問，無論是放到人身上，還是放到人背後的農村裡，都是有意義的。

〈弟弟帶刀出門〉則是一篇比較奇特的小說，作者以天真氣隱喻絕望心，在謀篇布局方面花的心思不少。所謂門路，門和路是有關係的，「出門」大概可以解讀為「出路」。後面的追問是，農村人的出路在哪裡？一般的寫作者，會突出外出打工者的那個沒有出路的「出路」，而看不到，那些不出門打工，仍然在鄉鎮謀生的本土農村人的「出路」，這個「出路」上的發財夢，可能要比出門打工者的發財夢洶湧得多。準確而言，出門打工的人，謀的是工資，立足本土的人，想的是發財，兩者有區別。「留守」與「返鄉」只是農村的部分真相，席捲整個社會的發財夢，並沒有放過農村。〈弟弟帶刀出門〉所寫的正是那些在本土追求發財夢的農村人：他們的發財手段無所不用其極，求神拜佛，「保佑」黃賭毒的「生意」。信佛的那個人，天真地希望，也天真地絕望。實際上，在洶湧的發財夢面前，無論是希望還是

絕望，都是沒有意義的。這個小說，寫的最實的地方，就在弟弟的「天真」，更要命的是，這個「天真」，並不是無辜，「天真」是有罪者，也是受難者。這個實，極有份量。〈山中客棧〉與〈弟弟帶刀出門〉有異曲同工之處，但從布局及意味來講，還是稍遜一籌。

〈巨大童年〉寫了另一種農村人，可能也是更普遍的農村人。這些人家，承受災病的能力低，一個家人的重疾，足以摧毀一個家庭，一場婚禮，也足以讓一家人負債纍纍。未亡人如何從中站起來？欠下一屁股債之後如何繼續生活？面對這種常見且普遍的事情，不少的寫作者會直奔苦難而去，會強調哭天搶地的場景。這種寫作選擇當然無可厚非，苦難道之不盡，訴苦也是自然而然的現代情懷之一。但是，人在苦難中的不同反應，可能才是最值得探究的。有的人從苦難中得到仇恨，有的人從苦難中學會逆來順受，有的人視苦難為生命中不可或缺的一部分。〈巨大童年〉抓住的是另外的事實：人突遇天災人禍造成的苦難時，不可避免地會欠債，這個債，有可能是錢債，也可能是人情債，前者有可能還得清，後者一輩子都還不清，只要欠了，就還不清。〈巨大童年〉裡的「父親」，用非常笨的方式還清妻子重病所欠下的巨額債務，「父親」撿破爛、撿糞（肥田），幫人殺狗，能換錢的方式，「父親」都嘗試過。花了十年的時間，「父親」把錢債還清，至於人情債，明知道還不清，但一直堅持還。作者讓「父親」把錢還清了，從這個地方看，作者對

苦難中的生命是留有餘地的。人情債還不清，這是必然，但也不排除很多時候，錢債也無法還清。兩者都足以摧毀人的尊嚴和價值，而後者，來得更為直接和殘忍。寫實寫到深處，大概總會殘留一點不忍之心，這是〈巨大童年〉的情懷所在。

〈村逝〉寫了村幹部與村民之間的關係，作者沒有把村幹部寫得多壞，也沒有把村民寫得多好，作者透過人際關係、工作關係來看農村的狀況，這是相當實的寫法。從具體關係中看農村，農村就成為可理解的農村，而不是僅供抒情的農村。這些寫法可能不那麼新潮，但它更能靠近那個「可理解」的農村。

楊遙筆下的「實」，當然不限於人，隨著人而展開的事與物，都「實」，經得起細節和邏輯的推敲。寫實之功力，助其看到中國某些具體經驗之實。在寫實的基礎上，楊遙還充分展示了自己寫故事的激情與才情，如〈弟弟帶刀出門〉就是突出的例子：多重敘事、對照手法、懸念設計、情懷抒發，元素眾多，經得起閱讀，基本功足以支持寫作的遠景。

如果一定要挑刺，那是不是可以這樣說：小說確實寫得實，但實與實之間還缺少一些順暢的銜接，這個銜接就好比木頭家具裡的榫卯，木頭實則實已，但如果做榫頭和卯眼的功力不夠，木頭家具就會不舒服不自在，半夜會發出響聲 —— 會發出有心人才能聽見的鬧聲。是以，有些地方，作者不得不靠觀念來續接故事，〈山中客棧〉就有這樣的問題。這些看法，純屬挑刺。《村逝》這個集子有遺憾，但作者寫出了「可理解」的農村，

這一點，很獨特，也很了不起。

　　由《村逝》可見，寫實的手法與眼力，於書寫當下中國經驗而言，仍然有巨大的開拓意義。

胡傳吉

電子書購買

爽讀 APP

國家圖書館出版品預行編目資料

村逝：他們天真地希望，也天真地絕望 / 楊遙
著 . -- 第一版 . -- 臺北市：崧燁文化事業有限公司 , 2023.11
面；　公分
POD 版
ISBN 978-626-357-753-4(平裝)
857.63　　112016443

村逝：他們天真地希望，也天真地絕望

臉書

作　　　者：楊遙

發 行 人：黃振庭

出 版 者：崧燁文化事業有限公司

發 行 者：崧燁文化事業有限公司

E-mail：sonbookservice@gmail.com

粉 絲 頁：https://www.facebook.com/sonbookss/

網　　　址：https://sonbook.net/

地　　　址：台北市中正區重慶南路一段六十一號八樓 815 室

Rm. 815, 8F., No.61, Sec. 1, Chongqing S. Rd., Zhongzheng Dist., Taipei City 100, Taiwan

電　　　話：(02) 2370-3310　　傳　　真：(02) 2388-1990

印　　　刷：京峯數位服務有限公司

律師顧問：廣華律師事務所 張珮琦律師

定　　　價：299 元

發行日期：2023 年 11 月第一版

◎本書以 POD 印製